KB141431

오래오래 살게나

오래오래 살게나

전종문 수필집

그린아이

오래오래 살게나

나는 수필문학을 좋아한다. 남이 쓴 좋은 수필을 읽는 게 기쁘고, 좋은 수필을 창작하려는 내 자신의 노력이 즐겁다. 나는 내가 직접 보고 들으며 겪은 일이나 자의식을 진솔하게 고백하되 그것을 형상화시킴으로 예술성을 확보하려는 노력을 게을리하지 않는다. 그래서 최소한 신변잡기라는 평가는 받지 않으려고 애쓴다.

나는 수필 작품을 창작함에 있어서 다음과 같은 조건을 항상 고려한다. 첫째는 내용과 문장이 쉬운가이다. 둘째는 지루하지 않고 재미있는가이다. 셋째는 생각의 깊이가 있어서 누가, 언제 읽어도 그 자신의 삶에 적용을 시킬 수 있겠느냐는 것이다. 물론 억지로 남을 가르치려는 생각은 애초부터 버린다. 쉬운 이론 같지만 결코 쉽다고만 할 수 없는 고려 사항이다.

역시 그런 고려를 염두에 두고 나는 이 수필들을 썼다. 내용은 나의 철모르던 시절부터 지금까지 내 주변에서 일어났던 일들과 생각 중에서 부분적으로 조명해 본 것들이다. 감동은 어떤 큼직한 사건이나 사고思考 속에서만 얻어지는 게 아니다. 오히려 수필은 거대 담론이 아닌 세상에 널브러져 있는, 그래서 사소하다고 느껴지는 소재 안에서 독특한 기재를 얻을 수 있다면 얼마든지 청초한 빛을 발할 수 있다. 그것을 찾아서 독자들의 가슴에 그 잔잔한 감동을 일으켜 줄 수 있다면 더 무엇을 바라랴. 읽어주신 모든 분에게 감사한 마음을 성심껏 안겨드린다.

차례

제2부 오래오래 살게나

제3부 사육되는 한 마리 짐승

제4부 단번에 못 나간다

제1부

무료했던 날의 이야기

창문

방에 창문이 없다는 것은 생각만 해도 답답하다. 전깃불로 방안을 환하게 밝힐 수는 있겠지만 그것이 어디 햇빛으로 밝힌 것과 같겠는가. 창문을 통해서 들어오는 햇빛과 맑은 공기는 우리 마음을 신선하게 해준다. 아침에 일어나서 기지개를 켜고 창문의 커튼을 열면서 시작하는 하루는 기대가 크다. 그러나 그런 여유도 없이 바쁘게 방을 빠져나가야 하는 사람이 있다면 그는 얼마나 조급한 삶을 사는 것일까.

창문은 햇빛과 공기와 소리들을 받아들이는 곳이며 세상을 바라보는 통로다. 사람이 밖에서 창문을 통해 방안을 훔쳐보는 것은 별로 좋은 일이 아니다. 특별한 경우가 아니라면 도둑이나 음흉한 마음을 가진 사람들이나 할 짓이다. 창문은 안에 있는 사람이 바깥세상을 바라보는 곳이다.

맑은 날인가, 비가 오는가를 맨 먼저 볼 수 있는 곳이 창문이다. 그리고 그 창문이 거리 쪽으로 나 있으면 지나는 사람들의 옷차림과 걸음걸이 등을 보면서 유행과 시대 상황을 살펴볼 수 있다. 그 창문이 산이나 들이 보이는 쪽으로 나 있으면 또다른 행운을 얻은 것이다. 면면히 흐르는 강줄기와 산색이 변하는 것을 바라보면서 우리의 마음이 평화를 얻는 것은 당연하다. 달이 바뀌고 계절이 바뀌는 것은 벽에 걸린 달력만 봐도 안다. 그러나 계절의 변화가 주는 정서를 달력이 어떻게 알려주겠는가. 붉게 물들었다가 낙엽이 지고, 눈이 내려 하얗게 변한 세상을 보면서 우리의 정서가 어떻게 잠만 자고 있겠는가. 봄이 온다고 산천이 따뜻한 햇빛에 눈을 뜨고 나뭇가지마다 연록색의 잎이 돋아날 때 우리는 얼마나 큰 소망을 가지며, 신록의 계절에 무성한 숲을 보면서 얼마나 큰 풍요함과 시원함을 느낄 수 있겠는가. 비가 내리면서 세상을 씻어낼 때 마음은 또 얼마나 개운한가. 우산도 없이 그냥 비를 맞고 가는 일은 실연한 사람에게나 맡기고 우리는 창문을 통하여 바라보기만 하면 된다. 쏟아지는 장대비가 가져다주는 희

열을 어찌 다 표현할 수 있으랴.

팍팍한 세상에서 조금이라도 여유롭게 살고 싶은 욕구가 있다면 창문을 통하여 자주 밖을 보아야 한다. 바깥에서 보는 것보다 안에서 창문을 통해 보는 세상이 더 아기자기하기 때문이다.

우리 집 근처에는 삼각산이 있어서 나는 바쁜 일상 중에서도 종종 인수봉을 쳐다본다. 말없이 항상 그 모습 그대로 서 있는 산을 바라보고 있노라면 마음에 평안이 찾아든다. 그런 여유를 나는 아끼고 사랑한다.

시골에서 살 때가 생각난다. 객쩍은 전기는 아껴야 하는 가난한 시절이었다. 그래도 나는 밤에 불을 켜두었다. 창밖으로 불빛이 새 나갈 때 행여 사랑하는 사람이 그냥 지나지 않고 내가 얼마나 자신을 그리워하고 있는가를 그렇게라도 표현하고 싶어서였다. 창문은 때론 내 마음을 전하는 곳이기도 하다.

창문은 대화로 소통하는 곳이라기보다는 마음으로 세상과 소통하고, 자연과도 그렇게 사귀는 통로다. 나는 새벽마다 아침을 알리는 새의 지저귐을 창문을 통하여 들을 것이며 철을 따라 변모하는 자연과 세상을 창문을 통해 바라보고, 별이 빛나는 밤엔 쏟아지는 별빛을 껴안으면서 영원을 사랑하리라. 창문이 나를 그렇게 그곳으로 인도할 것이다.

벽에 둘러싸인 답답한 방 안에서도 숨통이 되는 창문이 있어 삶의 의욕을 돋운다. 누가 뭐래도 행복은 그렇게 창문을 통하여 내게 다가오고 있음을 나는 늘 느끼며 산다.

무료했던 날의 이야기

정말 무료한 날이었다. 밤도 아닌데 세상이 쥐 죽은 듯 침묵 속에 잠겨 있었다. 이웃집 개도 짖지 않고 가끔씩 목청을 돋우어 한낮의 고요를 깨트리던 장닭도 그날은 울지 않았다. 새소리도 벌레소리도 들리지 않았다. 바람 한 점 없으니 바람소리도 있을 리 없고 그저 햇볕만 이마가 벗겨지게 쨍쨍 내리쬐는데 빈집에서 도대체 내가 할 일이 아무것도 없었다. 형들은 학교에 가고 엄마 아빠는 논으로 나가셨으니 농가에서 내가 할 일은 정말 아무것도 없었다. 너무 심심해서 누구라도 어서 돌아와 주었으면 좋겠다는 생각만 하고 있었다. 아무래도 엄마 아빠는 해거름에나 들어오실 것 같고 형들은 어쩌면 집으로 오는 도중에 해찰을 하고 있을 것만 같았다.

이러한 때에 내 눈에 띈 게 있었다. 토방에 구멍을 내고 연신 들랑거리는 개미들이었다. 무료한데 마침 잘 됐다 싶었다. 나는 개미에게 시비를 걸기 시작했다. 처음엔 심심풀이로 부지런히 걸어가는 개미 앞에 막대기를 놓아 앞길을 막았다. 녀석은 마치 장애물 경주라도 하듯 애써서 그걸 넘어갔다. 이거 봐라! 내 심술이 그것으로 그칠 리가 없었다. 나는 다시 한번 막대기로 앞길을 막았다. 그랬더니 이번에는 막대기를 넘는 수고를 하지 않고 옆으로 비켜서 가는 것이었다. 개미도 꾀가 있나 보다고 생각하니 꽤 재미가 났다. 심심한데 이 정도 재미면 한나절 너끈히 보낼 수 있겠다 싶었다. 이번엔 내 작은 손으로 한 움큼 몽근 흙을 쥐어다가 덤뻑 개미 위에다 부었다. 조금 있으니 쌓인 흙이 움직이면서 빠르작, 빠르작 흙더미를 헤치고 녀석이 용케 빠져나왔다. 짓궂기도 해라. 나는 녀석을 향하여 입으로 훅 불어서 바람을 일으켰다. 내 입에서 나온 작은 바람에도 녀석은 저만큼 미끄러지듯 밀려나갔다. 그리고 한동안 중심을 잡지 못하는 듯하더니 겨우 몸을 가누고 재빨리 그곳을 피하려 했다. 뭔가 위험을 느끼고 현장을 빠져나가려는 심산이었겠지. 이쯤 해서 나는 장난을 멈추어야 했다. 그런데 내겐 아직 장난기가 남아 있었다. 고추를 꺼내 녀석의 위에서 좌악좌악 오줌을 갈겼다. 어어, 잠시였지만 녀석이 둥둥 떠내려갔다. 갑작스럽게 만난 폭우와 해일에 나 살리라고 외치는 것 같았다. 덩달아 옆에서 제 몸뚱이보다 더 큰 벌레를 물고 가던 다른 녀석도 심상치 않은 낌새를 눈치챘는지 물고 있던 것을 버리고 혼비백산하여 도망을 쳤다. 지금 생각하면 무료를 달래기 위한 내 어린 시절의 장난이었지만 미안한 생각이 든다. 그게 개미에게는 생명의 위협을 느끼게 한 폭력이 아니던가.

그때 개미들에게 지식이 있었다면 녀석들은 자기들이 어떤 위대한 힘의 작용으로 곤욕을 치렀다고 생각할 수도 있었을 것이다. 만약 그들이 위를 볼 수 있는 눈과 생각이 있었다면 하나님을 보았노라고 외쳤을지도 모르겠고.

*월간 『창조문예』 2023년 10월.

왜 느닷없이 그 녀석이 생각났을까?

왜 느닷없이 그 녀석이 생각났을까. 봄볕이 따스했던 소년 시절. 나는 강변을 걷고 있었다. 무료한 소년이 당시에 장난삼아 할 수 있었던 일을 위하여 나는 너를 택하였다. 너는 둥그스름하고 납작하다는 이유로 내 눈에 띄어 손에 잡혔고, 나는 힘을 모아 너를 강물에 던졌다. 오직 타의에 의하여 너는 유장하게 흐르는 강물에 던져졌다. 가급적 강물과 수평으로 던져진 너는 담방, 담방, 담방, 수면 위를 물수제비를 뜨며 나아갔다. 그리고 힘이 떨어지자 물속으로 가라앉았다. 그렇게 무료가 약간 가실 때까지 나는 여러 차례 그 일을 했었다. 그리고 그곳을 떠나면서 나는 곧 너를 잊었다. 세상에서 일어나는 하고많은 일들을 두고 내가, 그것도 어린 시절에 잠시 무료를 달래기 위하여 장난삼아 너를 물에 던졌던 일을 기억해 두었었겠는가.

그동안 세월은 쉬지 않고 강물처럼 흘렀고 내 머리털도 희어졌다. 그런데 왜 이즈음에 느닷없이 그게 생각났을까. 그때 물속에 가라앉은 너는 어떻게 되었을까. 누가 일부러 건져주지 않았다면 그대로 물속에 잠겨 있을 터인데. 네 작은 몸이 물살에 휩쓸려 갔을 리 없었을 것 같고, 그 긴 세월을 어떻게 지냈을까. 재수 없게 나한테 걸려들어 물속에서 눈 감고 살아야 했다고 원망하며 살았을까. 아니면 가부좌하고 앉은 수도승처럼 세상일에 귀 닫고 참선하며 살게 된 것을 다행으로 여기고 있었을까. 그렇다면 그는 어둠 속에서 정신이 단련되고 흐르는 물에 육신이 깎이었을 것이다. 그러나 그것도 아니라면 물 밖에서 일어나는 잡소리에 귀 막고 세월을 희롱하고 있었을 것이다.

너는 분명히 세상에 있는 존재이지만 어느 누구도 네게 관심을 가져주지 않았다. 세상에서 너는 '있어도 그만, 없어도 그만'의 존재였다. 그러나 어쩌면 네게 그 의미조차 모르게 존재한다는 것이 다행일 수 있다. 물론 너에게도 이웃은 있다. 물과 물고기와 수초들이다. 그러나 물은 흘러올 때는 반갑지만 정도 주지 않고 나그네처럼 흘러가 버린다. 물이 친구라면 정함이 없는 무정한 친구다. 물고기는 항상 주변을 기웃거리지만 자기 먹이만 찾느라 도무지 네게는 관심이 없다. 역시 매정하기는 흘러간 물과 다름없다. 그러나 수초는 다르다. 곁에 뿌리를 내리면 일생을 곁에서 지내준다. 그는 흐르는 물에 맞추어 춤도 추고 가느다랗게 노래도 한다. 서로 주고받는 것은 없어도 곁에 있으니 마음이 든든하다. 진정한 친구가 되어준다.

그러고 보니 너와 나는 단 한 번의 인연으로 꽤 오랜 세월을 보냈다. 너는 물속에서 나는 물 밖에서 서로가 서로를 잊어버린 채. 너는 세상의 잡소리 듣지 않고 은둔의 세월을 보냈다면 나는 세상의 잡소리와 잡사를 듣고 보면서 때로는 분노하고, 때로는 눈물을 흘리면서 머리칼이 세도록 살았다. 물론 기쁜 일이 있어 허리가 휘도록 웃은 적도 있지만 돌이켜 보고 앞날을 예측해 볼 때 거기에 무슨 의미를 둘 수 있겠는가. 결국 세상을 주관하고 섭리하는 분에게 순종하는 길밖에 없음을 깨닫는다.

워리의 눈빛

반려견이라는 이름으로 개들이 주인의 안방을 점령하기 시작했다. 아예 강아지를 끌어안고 잠자리를 같이 한다고 한다. 이미 서양에서는 그런 형태로 개들을 사랑했고 그러므로 그들의 일부는 개고기를 식용하던 우리나라 사람들을 미개한 민족으로 취급하기도 했다. 그런데 이제 우리도 저들을 따르고 있으니 이런 추세라면 머지않아 그런 누명을 벗을 날이 올 것 같다. 물론 개는 사람으로부터 사랑을 받을 만한 조건을 많이 가지고 있다. 특히 한번 주인으로 모시면 끝까지 변하지 않는 신의는 사람과 비교가 되지 않는다. 사람은 그 알량한 지혜로 다른 사람과의 관계에서 얼마든지 변절한다. 자기에게 유리하면 계약을 맺고 후에 불리하면 언제든지 약속이나 계약을 파기하기도 한다. 다시 말하면 상황 파악에 능하다. 그러나 개는 어리숙하리만큼 신실하다. 주인이 철딱서니 없게 어릴 때나 성인이 되었거나 한결같이 따른다. 주인의 처지가 부유할 때나 가난할 때나 한결같고, 주인의 상태가 건강할 때나 병들었을 때나 신의를 지키고 충성심이 일반이다. 거기에다 주인에게 사랑스럽게 접근한다. 꼬리를 흔들고 힘차게 뛰어오르면서 기쁨을 표현할 때 만족하지 않을 주인은 없다. 주인이 아닌 사람이 집 안으로 들어오면 컹컹 짖으면서 지킴이 역할을 하는 것도 주인의 마음을 흡족하게 한다. 이런 이유들로 오늘날 많은 가정에서 애완용으로 개를 키우고 있다. 공원에 가면 적지 않은 사람들이 개와 같이 산책을 하고 있는 것을 볼 수 있다. 나들이할 때, 그 복잡한 거리에서도 개와 함께하는 사람들이 많아 불편을 느끼기도 하지만 그렇다고 그것이 조금도 이상한 행동으로 보이지 않을 만큼 세상이 변했다. 심지어 유모차에 개를 태우고 다니는 모습도 눈에 띈다.

나는 지금 개를 키우지 않기 때문에 정확히는 모르지만 개를 키우며 들이는 비용이 어린아이를 키우는 것보다 더 든다고도 한다. 목욕을 시키고 털을 깎아주고 사료를 사서 먹이는 비용이 만만치 않다는 것이다.

이건 좀 이상하게 보일 수도 있지만 옷을 사서 입히기도 한다. 귀여워서 그러겠지만 개에게는 오히려 불편할 것 같다. 이건 순전히 사람이 자기 취향이나 자기 만족을 위해 하는 행동으로 보인다. 거기다가 개가 상처를 입거나 병이 들면 그 치료비가 들 것이고 수명을 다하고 죽으면 사람처럼 화장을 해서 장사도 지내야 한다. 또한 애정을 주었던 식구였으니 이별이 슬프지 않을 수 없다. 그렇다. 사육이라고 말해야 할지, 양육이라고 해야 하는지 잘 모르겠지만 아무튼 개를 키우는 데에는 비용도 비용이지만 정성도 많이 들여야 할 것이다. 가까운 곳으로 여행할 때는 동행할 수도 있지만 먼 곳으로 떠날 때는 동물병원이나 그 누구에게 맡겨야 한다. 개 한 마리가 사람 하나의 몫을 단단히 하는 것이다. 그래서 예전에는 어르신들이나 노부모가 애완견을 키우는 사람들에게 섭섭한 표현을 하기도 했다. 개에게 하듯 제 아비어미에게 하면 효자 소리 듣겠다느니, 제 아비어미보다 강아지에게 더 잘한다느니, 제 아비어미를 개만도 못 여긴다느니 하는 말들을 했다. 그런데 이제 그런 말조차 수그러들고 있다. 우리 사회가 점점 개에게 정성을 쏟으며 비용을 쓰는 것을 당연한 일로 받아들이고 있는 것이다. 더구나 주인일지라도 개를 학대하면 동물학대라는 죄로 처벌을 받게 된다. 물론 동물을 학대하는 것은 잘못이지만 개의 지위가 그만큼 올랐음을 얘기하는 것이다.

나도 가끔씩 지인의 집에 가서 재롱을 피우는 강아지를 보면 애완용 개를 키워볼까 하는 생각이 들 때가 있다. 그러나 집에 돌아와서는 그 생각을 포기한다. 몇 가지 이유로 자신이 없기 때문이다. 첫째는 내 게으른 성품으로는 개에게 매여서 정성을 쏟기가 어려울 것 같아서이다. 아무리 귀여워도 내가 하는 일과 내 한 몸 건사하는 데도 힘든데 개에게 정성을 기울인다는 것은 어려울 것 같다. 나만의 자유를 빼앗길 것 같기도 하다. 둘째는 아이가 어렸을 적에 우리도 강아지를 키운 일이 있었는데, 아이는 강아지를 엄청 귀여워하며 같이 놀았다. 그러던 어느 날, 지나가던 오토바이가 그 강아지를 치고 달아났다. 강아지는 그 자리에서 죽었고 아이는 강아지를 살려내라고 울부짖었다. 아이에게 상실감이라는 큰 아픔을 안겨준 그 사건 이후로 개를 키우는 것은 아직도 자신이 없다. 마지막으로 내가 어렸을 적에 겪었던 이야기를 풀어 놓아야겠다. 6.25 전쟁 직후 우리나라 전 지역이 다 그런 형편이었겠지만 당시 내가 살던 농촌도 피폐했다. 어려운 중에도 살아보겠다고 집집마다 개나 돼지를 키웠다. 우리 집도 닭이나 돼지를 우리를 만들어 놓고 키웠다. 개도 키웠다. 당시 개는 어떻게 키웠는가. 집은 마루 밑에 짚으로 둥글게 엮어 만들어 주었다. 개는 거기서 잠을 자고 새끼도 낳았다. 겨울이면 싸늘했다. 눈발이 잠자리까지 쳐들어올 때도 있었지만 춥다 하여 감히 사람이 자는 방은커녕 마루에도 올라올 엄두를 내지 못했다. 그릇에 사람이 먹고 남은 밥이나 생선뼈 같은 것들을 담아주면 잘 먹었다. 어쩌다 아기가 마루에 똥을 누면 어른들은 워리를 불렀다. 당시 우리 집 개 이름은 언제나 워리였다. 다른 개로 바뀌어도 대대로 이름은 워리였다. 워리는 평소에는 오를 수 없는 마루에 냉큼 뛰어올라와서 아기가 눈 똥을 싹싹 핥아 먹었다. 똥개를 만든 것이다. 그런 대접을 받으면서도 개는 주인을 잘 따르고 집도 잘 지켰다. 당시에 웬만한 집은 모두 한두 마리의 개를 키웠는데 왜 키웠는가? 잡아먹기 위해서였고 팔아먹기 위해서였다. 잔인했다고 하지 말라. 허기진 사람들에게 개고기는 보양식이었다. 개장수들은 마을마다 다니면서 "개 파슈!"를 외쳤다. 가족처럼 키운 개를 팔아먹고 잡아먹는 잔인함에 속마음은 소금물 마신 듯 짠했을 것이지만 적어도 겉으로는 아무렇지 않은 일이었다. 당시로서는 살아가는 방법 중에 극히 작은 한 부분이었다. 오늘날의 개와 지난날의 개는 성정은 같지만 받았던 대접은 다르다. 지금 생각하면 지난날의 개들은 시대를 잘못 타고 태어난 것 같다. 우리 워리가 그랬다. 어느 날이었다. 학교에서 돌아오니 언제나 꼬리를 흔들며 뛰어나와 나를 맞아주던 우리 워리가 개장수의 철망에 갇혀 있었다. 워리는 입 주변이 허옇게 침인지 거품인지를 흘리고 있었다. 어른들이 하는 일에 관여할 수 없는 나에게 보내는 워리의 눈빛은 원망도 할 줄 모르는 불안한 눈빛일 뿐이었다. 위로 한마디 해 줄 수 없는 무능한 나는 정말 보지 말아야 할 것을 보았다. 분명 워리는 울고 있었으리라. 나는 뒤란으로 뛰어가 몰래 울었다. 팔려가는 우리 워리가 한없이 불쌍해서. 그 후에도 나는 꽤 오랫동안 뇌리에서 워리의 눈빛을 지울 수가 없었다. 고약한 세상에서 살면 사람이나 짐승이나 모두 고통을 겪어야 하는 것인가.

보리밟기 추억

눈은 내리지 않고 강추위가 계속되다가 날이 풀리면 우리는 선생님의 지시를 따라 보리밭으로 나아갔다. 거기서 갓 자라 추위에 떨고 있던 보리싹을 자근자근 밟아주었다. 잎새가 벌써 누렇게 바랜 것들도 있었다. 보리 파종은 가을걷이를 막 끝낸 논에 2모작으로 고랑을 만들어 터전을 만든 다음 그 위에 씨를 뿌리고 흙으로 덮어주면 되었다. 그러면 보리는 싹을 낸 다음 연약한 잎을 가지고 겨울을 났다. 신기하게도 보리는 겨울추위를 거쳐야 봄이 되어 결실을 하게 된다. 춘화현상春化現象이다.

보리가 얼어 죽지 않고 추운 겨울을 견디어낸 것은 대견한 일이다. 눈이 풍성히 내리는 해에는 눈이 보리의 이불 노릇을 해서 탈없이 잘 자라게 된다. 그러나 눈이 내리지 않고 강추위만 계속되다가 날씨가 풀리면 땅 표면이 부풀어 오르면서 밭 표면에 내렸던 보리 뿌리가 지표에서 뜨게 된다. 그래도 살 수 있겠는가? 뿌리가 땅에 닿지 않고 떠 있는 상태에서 보리는 목말라 죽게 된다. 이런 현상을 방지하기 위하여 당시 학교에서는 농촌의 일손을 돕는 차원에서 어린이들을 보리밭으로 보내 보리밟기를 시켰다. 그러면 우리는 시키는 대로 보리를 밟으면서도 행여 연약한 보리 잔등이 부러지지 않을까 하는 염려를 했다.

밟혀야 살고 오히려 밟혀야 열매를 맺는 원리가 거기에도 있었다. 밟히면 당시에는 짓눌리는 고통이 따르지만 그 고통을 견디어내면 죽지 않고 살아 열매를 맺는 것이다. 세상에는 밟히지 않아야 온전하게 성장하는 것도 있지만 오히려 밟혀야 더욱 튼실하게 자라고 좋은 열매를 맺는 것도 많다. 가까운 예로 잔디는 밟혀야 오히려 생명력이 왕성해진다.

식물만 그런가. 사람에게서도 밟히고 시련을 겪어야 새 힘을 얻고, 심지어 죽어야 사는 원리를 찾을 수 있다. 고난을 겪으면서 인생의 참 의미를 터득하기도 하며 건강한 정신이 함양되고 인격의 성숙을 가져올 수 있다. 일부러 밟힐 이유는 없지만 세상에서 당하는 고난과 모욕과 아픔이 무의미한 것만은 아니다. 오히려 약이 되어 넉넉히 세상을 이길 능력을 얻을 수도 있다. 예수 그리스도를 보라. 그는 부당한 박해를 받고 죽임도 당했다. 그러나 그는 부활했고 영광을 얻었으며 오고, 오는 세상에 구원의 원리를 제공하고 복음을 전했다. 이 정신을 확실하게 인지하고 추종했던 제자 바울은 이런 고백을 남겼다. “나는 날마다 죽노라.”(고전 15:31) 밟히고 죽어야 영원히 사는 원리를 실천한 것이다.

멀찍이 떨어져 있는 고향

부모를 잃으면 고향도 잃는 것일까. 반백 년이나 지나서야 부모님 산소를 찾았다. 비가 부슬부슬 내리는 날이었다. 그곳에는 평생을 부지런히 사셨던 아버지와 우리에게 언제나 자애로우셨던 어머니께서 나란히 누워 계신다. 봉분 안에서는 말이 없으셨다. 뼈 한 조각이라도 남아 있을까.

부모님 안 계시는 곳이 무슨 고향인가. 때론 고향이 고향 같지 않아서 그동안 고향을 찾지 않았다. 이제 와서 보니 외형적으로도 많이 달라져 있다. 우선 지역적으로 넓어졌다. 예전에 행정상 옥구군沃溝郡과 군산시群山市가 병합되어 군산시로 지명이 바뀌었다. 그때 내가 다니던 국민학교가 이제는 초등학교로 명칭이 버젓이 바뀌었다. 그때는 넓기만 하여 우리가 한 바퀴 달리기에도 벅찼던 운동장은 왜 이렇게 좁아졌을까.

내가 중학교에 입학하여 기차를 타고 통학하던 옥구선沃溝線은 당시 우리가 사용하던 유일한 교통수단이었다. 가을로 접어들면 벼가 누렇게 익어가는 들녘을 가로질러 기차는 달렸고 철도 연변에 청초하게 피어 나풀대는 코스모스가 장관을 이루었다. 군산선 기차는 처음엔 군산비행장에 화물을 운송하는 용도로 개설되었지만 후에 주민들의 편의를 위하여 일반인도 탈 수 있게 되었다. 총 거리가 10여 ㎞였는데 중간에 상평上坪이라는 간이역을 거치면서 하루에 세 차례씩 운행을 해주었다.

그 기차에 태워 학교에 보내려고 어머니는 방학 기간을 제외하고는 매일 예배당에서 들려오는 새벽기도 시간을 알리는 종소리를 들으며 일어나셔서 새벽밥을 짓고 도시락까지 싸주셔야 했다. 행여 늦게 일어나 자식들이 기차를 놓칠까 늘 긴장 속에서 사셨던 어머니가 계신 그곳이 나의 고향이다. 그리고 저녁때가 되면 하루의 마지막 기차를 타고 우리 형제가 무사히 돌아오기를 어둠 속 초가집 처마 밑에서 그윽히 기다리던 어머니. 그곳이 나의 고향이다.

전기가 들어오기 전에는 석유를 사용하는 등잔불 밑에서 콧구멍이 새까맣게 되도록 공부했던 시절. 어머니는 그 곁에서 구멍 뚫어진 우리 양말을 깁고 계셨다. 왜 그때는 양말에 구멍도 그렇게 잘 났던가. 아버지는 우리가 일어나 보면 어느새 소를 앞세우고 논을 갈고 계셨다. 그곳이 우리의 고향이다. 자식들이 무럭무럭 자라는 것을 보시면서 부모님의 마음은 늘 흐뭇하셨을까. 고생을 고생으로 여기지 않으시고 부지런함이란 이름으로 감싸면서 무슨 영화를 보려고 그리 하셨는지.

토요일이 문제였다. 학교를 파하는 시간과 기차 운행 시간이 엇갈려서 낮 기차를 놓치기가 일쑤였다. 기차를 떠나보내고 집에까지 걸어오자니 그 거리는 어린 나이에 너무 멀었다. 교문을 나서도 갈 데가 없었다. 왜 그때는 학교에 도서관 하나 없었을까. 시내를 배회하는 방랑자가 되기 십상이었다. 항만의 이쪽에서 저쪽까지 무거운 가방을 든 채 걸으면서 강줄기를 보고, 강 건너 충청도 땅을 보고, 오고가는 여객선을 보고,

어선을 보고, 출렁이는 물결을 보고, 바다 위를 나는 물새를 보면서 시간을 때우는 경우가 많았다. 지금도 그 이름이 쓰여지고 있는지 모르지만 째보선창도 지나고, 뜬다리 위에 올라도 보고, 해망동 굴다리도 지나면서 지칠 만하면 월명공원에 올랐다. 거기는 강 건너 장항제련소 굴뚝이 또렷이 보이는 곳이었다. 언제나 희부옇게 연기를 뿜어내는 굴뚝과 흩어지는 연기를 마냥 보고 있노라면 저녁 기차를 탈 시간이 다가왔다. 그때 나는 무슨 생각을 하고 있었을까. 무슨 꿈을 꾸고 있었을까. 아쉬움과 외로움이 남아 있는 그곳, 거기가 나의 고향이다.

교과서에도 일부 게재되었던 채만식의 「탁류」는 일제 강점기에 수탈 당하던 지역 주민들의 애환을 그렸었다. 호남지역의 쌀을 실어가기 위하여 군산항을 활용했던 이야기도 나온다. 거기에 표현된 군산 항구. 채만식은 "마도로스의 정취는 없어도 항구는 분주하다." 라고 썼다. 그 군산이 지금은 내가 소년 시절에 걸었던 그 고향과 많이 달라져 있다. 새로운 길들이 생기고 건물들이 호화롭게 바뀌니 옛 정취는 찾을 길이 없다. 하기야 그동안 세월이 역사를 끌어안고 얼마나 많이 흘렸는가. 나의 어린 시절을 키워준 내 고향이 이제는 마음속에만 편편으로 남아 멀찍이 떨어져 있는 느낌이다. 그렇다. 나는 그 세월 동안 고향을 떠나 살았다. 이제는 나도 내 아버지, 어머니께서 세상을 떠나실 적의 나이가 됐다. 여기가 내 고향임을 부인할 수도, 부인할 필요도 없지만 행여 내 정서는 내가 살아 있는 동안에라도 고향을 잊을까 하여 이번에 고향을 찾도록 했는지 모르겠다. 고향에 대한 생각은 세월이 지나는 동안 얼마만큼 퇴색할 수는 있어도 아주 잊힐 수는 없지 않겠는가.

즐거운 모임

오후 4시 성균관대역 앞에서 모이기로 했지만 정시에 다 모이지 못했다. 역시 그랬다. 예전부터 우리들에게는 약속 시간에 정확히 다 모인다는 것은 불가능할 것이라는 인식이 은연중 잠재되어 있지 않은가. 더구나 최근에는 예측할 수 없는 교통체증 현상이 늦었어도 미안하지 않을 수 있는 또 하나의 핑곗거리를 만들어 놓았다. "어찌나 막히는지" 하고 한 마디만 하면 누구나 사정을 이해해주는 사회에서 우리는 지금 살고 있다.

약속 시간이 약 30분쯤 지나자 모일 사람이 다 모이고 우리는 교회에서 보내준 봉고차를 타고 화성시 원천동에 있는 원천교회로 향했다. 왜 이리 날씨가 상큼한가. 잘 닦여진 길을 차는 이리저리 돌면서 부지런히 달렸다. 나는 방향을 모르기도 하지만 그것에 개의치 않고 창 밖에 전개되는 자연 경관에 눈길을 빼앗겼다. 아, 달리는 도로 연변에 노랗게 피어 있는 저 풀꽃은 분명 민들레가 아닌가! 건조와 우울을 벗어던지고 녹색으로 갈아입은 산야. 벚꽃은 벌써 졌고 아카시아나 밤꽃은 아직 필 때가 아닌데 저 녹색의 잔치에 간간이 끼어 있는 저 면사포처럼 하얀 꽃은 무슨 꽃인가? 배꽃인가, 싸리꽃인가!

한 3,40분쯤 달려왔을까, 입구에 〈시인의 마을, 원천교회〉라고 씌어 있는 간판이 서 있고 이어지는 비포장의 길을 약간 올라가니 나지막한 언덕배기에 고급스런 여객선旅客船 한 척이 떠 있었다. 어떻게 저런 구상을 할 수 있었을까. 우리나라에서는 유일하다는 배 모양의 예배당이 거기에 정박해 있었다. 하긴 인생이란 무엇인가. 우리는 망망대해를 항해하는 여객선 안의 나그네 같은 존재 아닌가. 이 교회를 담임하는 정丁 목사님은 시인詩人의 감성과 그림을 좋아하는 예술가의 향취로 이 배의 여객들을 신앙과 시세계詩世界로 이끌며 항해하는 마도로스가 아닐까. 세속의 풍랑이 거세게 몰려올 때는 신앙의 힘으로 이기고, 순풍으로 잔잔할 때는 시와 찬미를 부르며 천국을 향하여 나아가겠지.

1층은 예배실이고 2층으로 올라가니 우아하게 잘 정돈된 카페로 꾸며져 있었다. 1층에서 예배드리고 2층으로 올라가 평화스런 마을을 품고 있는 자연 경관을 바라보면서 커피 한 잔을 마신다면 자연스럽게 사랑하고픈 마음이 될 것만 같았다. 지금은 교회 옆 작은 과수원에 복사꽃이 피기 시작했고 인근 남새밭에 마늘이 제법 자라 있었다. 밭에 엎디어 뭔가 열심히 일하는 두어 사람의 농부들 위에 잔광이 비치고 있었고…….

지금도 종탑이 있어 타종으로 예배 시간을 알려주는 전원 마을의 교회. 땡그렁땡그렁 하는, 새벽을 가르고 울려오던 종소리를 들으며 새벽밥을 지어 늦을세라 종종대며 통학하던 우리의 뒷바라지를 하셨던 어머니가 생각났다. 당시 우리 어머니는 불신不信이셨는데도 교회에서 들려오는 그 종소리를 들으면서 마치 "천다앙, 천다앙" 하는 소리 같다고 하셨었다. 정말 그때는 새벽 종소리를 들으면 누구나 경건해지는 느낌을 받을 수 있었는데 이제는 똑같은 소리가 소음공해로 치부된다는 게 얼마나 부끄러운 일인가. 필시 도시화, 산업화가 우리의 순수한 심령을 메마르고 삭막한 사막으로 만든 것이다.

우리는 예배를 마치고 2층으로 올라가 차와 과일을 먹으며 합평회를 가졌다. 주로 시詩와 수필을 쓰는 크리스천 문인들이 이를 위하여 한 달에 한 번씩 정기적으로 모인다. 재미있는 것은 여기에 참여하는 분들이 다양하다는 점이다. 교회에서의 직분으로는 목사, 목사님 사모, 장로, 권사, 집사가 망라되고, 교단 배경으로는 성결교단, 감리교단, 순복음교단, 그리고 장로교단에 각기 소속되어 있어서 이질적이라면 이질적이다.

우리는 고정된 장소에서만 모이질 않는다. 그때 그때 상황에 따라서 적당한 장소로 옮기는데 이번에는 정 목사님께서 특별히 당신이 시무하는 교회로 청한 것이다. 모이면 차를 나누고 담소도 하지만 중요한 것은 각자 창작해온 작품을 낭송하고 낭독하는 일이다. 그러고 나서 그 작품에 대한 작가의 작의를 듣고 독자의 입장에서 비판도 한다. 성품도 각양이라서 묵묵히 듣기만 하는 사람이 있는가 하면 소신껏 발언하고 면도날처럼 날카롭게 지적하는 사람도 있다.

그러나 그러한 비판을 듣고도 어느 한 사람 불쾌해하거나 섭섭해하지를 않는다. 모두가 등단한 사람이고 어느 정도 수준에 오른 사람들이기에 자기 분야에 일가견을 가지고 있을 뿐 아니라 소신과 자긍심도 대단하다고 할 수 있다. 그럼에도 자신의 작품이 난도질 당하는 현장에서 무리없이 받아들일 수 있다는 것은 끊임없는 자기 성찰과 성장을 꾀하기 때문이 아닐까. 자고로 겸손한 사람은 칭찬보다는 질책이나 비판의 소리를 더 소중하게 경청해 왔다지 않는가.

이 합평회가 끝나면 식사를 한다. 오늘은 끝까지 정 목사님께서 책임을 져주었다. 가장 융숭한 대접을 받았다고 말하는 데 주저할 수 없는 배려였다.

왜 우리의 모임은 이렇게 화기애애하고 즐거울 수 있는가. 교단 배경이 다르고 직분도 다르고 성품도 다양한데 왜 우리에게는 갈등과 다툼이 없는가. 이해관계가 개재되지 않고 추구하는 목적이 같으며 겸손과 예절이 있어 서로를 이해하고 배려할 수만 있다면 언제나 평화는 유지되는 게 아닐는지. 우리는 다시 만날 날을 약속하면서 언제나 아쉬운 헤어짐을 하고 집으로 돌아온다. 오늘도 늦었다.

*『월간 창조문예』 2003년 6월.

제2부

오래오래 살게나

새삼스러운 경험

최근에 나는 느닷없이 마음이 심란하여 밖으로 나온 일이 있었다. 땅거미가 지는 저녁나절이었다. 가로등이 켜졌다. 지나가는 사람들이 줄어들면서 을씨년스럽다는 느낌이 찾아들었다. 어디로 갈까? 계획 없이 나온 걸음이라 갈 데가 마땅치 않았다. 망설이다가 지하철을 탔다. 어디든 가면서 생각하리라 하고 탄 것이다. 그러나 역시 어디로 가야 하고 누구를 만날 것인가, 또렷이 정해지지가 않았다. 분명히 말하면 정해지지 않는 것이 아니라 없었다. 갑자기 막막해졌다. 인생, 70 고개를 넘어 80 밑자리에 이르렀는데 찾아갈 데가 없고 만날 사람이 없다니. 그동안 숱한 사람과 만나고 대화하고 사귀며 함께 논의하기도 하고 일도 같이 했는데 이런 경우에 단 한 사람도 친구 되어줄 이가 없다는 말인가. 저절로 한심한 인생이란 생각이 엄습했다. 흔

히들 인생을 혼자 태어나서 혼자 떠나는 여행으로 치부하는데 새삼스럽게 나도 그렇게 느낄 수밖에 없는 경험을 얻은 것이다. 굳이 찾아간다면 찾아갈 데가 없지 않으련만, 밤중에, 그 먼 거리를, 저쪽 사정은, 이러한 것들을 고려해보니 마땅한 곳이 단 한 군데도 없는 것이었다.

그러다가 가까스로 만만하게 여겨지는 곳을 찾아냈다. 아들네다. 하나님께서 우리 부부에게 선물로 준 외아들이 결혼하고 분가하여 지금 서울 근교에서 살고 있다. 아쉬운 판에 망설일 틈이 없었다. 지하철 열차는 계속 달리고 있다. 이런 때 휴대전화기가 있다는 것은 얼마나 다행스런 일인가. 아무리 가까운 부자지간이라 할지라도 갖추어야 할 예절은 있지 않은가. 미리 알리지 않고 불쑥 찾아가는 것은 무례다. 전화를 걸었다. "나 지금 네 집에 가련다." 밑도 끝도 없는 내 말에 아들의 반응이 나왔다. "왜, 무슨 일이 있어요?" "이 밤중에 혼자서요?" 그러더니 "엄마 혼자 두고 왜 오세요?" 하는 게 아닌가. 마뜩하지 않다는 의미가 비수처럼 날아왔다. 제 엄마의 몸 상태가 좋지 않으니 혼자 두는 것이 잘하는 일이 아님을 나도 안다. 그렇지만 나는 항상 아내에게 매여 살아야 하고 혼자 있고 싶을 때도 혼자 있어서는 안 되는가. 나는 "알았다" 하고 전화를 끊었다. 왈칵 서러운 감정이 치고 올라왔다. 네 녀석들이 내 마음을 어떻게 알아.

조금 있으니 아들에게 전화가 왔다. 어떤 깨달음이 왔는지 제 집으로 오라는 것이다. 마음으로는 갈까 말까가 반반이지만 솔직히 지금 내가 갈 곳이 어딘가. 여관을 찾아가는 것은 청승맞은 일이다. 아들 집에 갔다. 전철역까지 마중 나와서 집으로 인도한 아들이 아들 노릇을 하겠다는 의미로 식사는 했느냐고 묻고 며늘아이는 그 밤중에 다과를 내왔다. 시간은 자정을 향하여 가는데 아들이 그 밤중에 나를 자기 자가용으로 내 집까지 실어다 주겠노라고 했다. 내가 밤중에 무슨 운전이냐고 한사코 반대하면서 내일 새벽 일찍이 떠나겠다고 하여 일단락이 되었다. 이렇게 계획에도 없었던 내 일탈은 아들네 집에서의 외박으로 끝났다. 인생이란 무엇인가. 그 한 단면을 나는 오늘의 이 새삼스러운 경험에서 챙겼다.

고향길

살다 보면 삶이 무기력해지고 무료함이 느껴질 때가 있다. 그럴 경우 여러분은 이를 어떻게 해소하시나요? 나는 이참에 내가 태어나고 자라서 군에 입대하기 전까지 살았던 고향을 찾았다. 유소년기를 보낸 곳이다. 그러고 보니 이곳을 떠난 지가 벌써 반백 년이 넘었고 우리가 살았던 집도 부모님이 돌아가신 이후 팔려서 이제는 연고가 없는 곳이 되었다. 다행히 고향 근처에서 교편생활을 하던 가형이 정년 퇴임을 한 이후 그 부근에 지금도 살아계시고 우리 5남매 중 막내 여동생이 고명딸로 혼자 살고 있어서 고향을 찾아가는 데 전혀 생소하지는 않게 되었다.

그날은 아침부터 종일 가랑비가 내렸다. 내가 내려왔다는 소식에 가형께서는 몸이 허약해졌음에도 불구

하고 손수 승용차를 운전하고 오셔서 동생과 함께 모처럼 고향을 둘러보는 일정을 어렵지 않게 해주었다. 세월이 흐른 만큼 고향 마을에도 많은 변화가 있었다. 농촌임에도 길이 넓혀지고 새로 만들어진 길도 있어서 예전과 분간하기 어려운 곳도 있었다. 우리 5남매가 다녔던 초등학교를 지나 우리가 살았던 마을을 찾아갔다. 비가 오기 때문인지 거리에는 지나는 사람이 별로 없었다. 차창 밖으로 우리가 살던 집이 보였다. 본채는 옛 건물을 헐어내고 산뜻하게 새로 지었고 아래채는 옛 모습을 아직도 간직하고 있었다. 내가 어렸을 적에 아버지께서 목재를 손수 구입하여 튼튼하게 지었던 집. 그것을 헐기가 아까웠던지 리모델링을 해서 보존했으므로 아쉬운 대로 옛 모습을 상기할 수 있었다. 마당자리는 텃밭을 만들어 채소를 가꾸고 있었다. 당시 내가 기거하던 방의 창문이 그대로 있었다. 밖에서 똑똑 창문을 두드리면 들어올 수 있는 문이 곁에 있어서 누구나 언제든지 시간을 함께 보낼 수 있었던 추억의 장소다. 어린 시절의 아기자기했던 감회가 고스란히 간직된 곳이라 할 수 있다.

부모님의 근면과 절약 정신으로 우리 형제들은 곤궁

한 당시의 상황에서도 그런대로 극도의 궁핍은 면하고 살았다. 우리들의 생활 터전이 이제는 주인이 바뀌고 환경도 바뀌었다. 부모님이 떠나신 이후 우리의 맏형도 떠났다. 태어난 사람은 누구나 나름의 고생을 하다가 떠나는 것이 순리요 상식이지만, 살아남은 사람에게는 애수가 된다. 그리움으로 남는다. 외로움은 견디면 되겠지만 그리움은 내가 이 세상을 떠날 때까지 지니고 살아야 하는 형벌 같은 것이다.

이제 둘째 형님은 80 고개를 넘어 시들어가는 몸을 부여안고 삶의 애착에 붙들려 살고 있다. 나도 80 고개를 향하여 걸음을 옮기고 있다. 막내 여동생이 동행하면서 지난날의 우애와 고생을 기억해 내고 있지만 그도 70 고개를 훌쩍 넘겼다. 기억할 필요가 없을 수도 있지만 기억할 사람도 하나 둘 떠난다. 당시 핍절의 세월을 겪지 않은 사람이 얼마나 있었으랴만 모든 사람은 자기 중심으로 생각하고 평가한다. 그래도 그 간난의 시절이 있었으니 지금의 번영을 노래할 수 있고 그 아픔이 있었으니 행복을 구가하며 감사할 수 있다. 비가 계속 내린다. 비 오는 날이 있으니 맑은 날의 고마움을 알고 또 비 오는 날의 필요를 깨닫게 된다. 그렇다. 인생은 곤고한 날과 형통한 날의 반복이다. 알고 보면 그날들이 모아져 인간을 키워내고 만들어 간다.

부모님이 함께 누워 계시는 산소를 찾았다. 덩그러니 쌓여 있는 흙더미 봉분 앞에서 잠시 머리를 숙여 묵상했다. 비를 맞는 봉분을 보면서 부모님의 고생과 우리들, 자식들을 위한 헌신의 삶을 생각지 않을 수 없었다. 당시에 우리들에게 보여주신 부모님의 자녀 교육은 남달랐었다. 우리뿐 아니라 주변 사람들도 그렇게 생각했었다. 어떻게 그 작은 농토를 경작하면서 다섯 자식을 가르칠 수 있느냐고 혀를 차기도 했고 혹시 밤일을 하지 않느냐고 우스갯소리를 하기도 했었다. 여기서 밤일이란 우리 지방에서는 도둑질을 의미하는 비유다. 그만큼 성실하고 검소해서 알뜰히 가정을 이끄셨던 부모님이 거기 비를 맞는 묘지 안에 갇혀 있는 것이다. 유독 책임을 강조했던 아버지는 사람이 책임을 다하지 못하면 죽는 것만 못하다고 하셨고, 당신이 낳은 5남매를 가르치는 것을 최대의 책임으로 여기셨었다. 대처에 나가 유학하는 아들들의 눈에서 눈물 내지 않도록 하숙비나 생활비가 필요하다는 우편물을 받으면 그 즉시로 나락을 정미소로 싣고 가서 돈을 마련하여 송금하셨다. 당시 고등학교를 다니던 내가 그 심부름을 감당했기 때문에 지금도 그 상황이 눈에 선하다. 아버지는 그 아까웠던 돈을 자식의 교육비라면 아낌없이 버렸고 그런 아버지의 행동에 단 한 번의 반대 의견을 내지 않은 분이 어머니셨다. 두 분은 무엇 때문에 그런 고통스러운 일을 멈추지 않고 감내하셨을까. 우리를 가르쳐서 무슨 영화를 보시겠다고 그리하셨는가. 지나고 난 일이지만 우리 부모님은 우리를 교육하여 얻으신 것이 없다. 대신 그 덕분에 자식들은 큰 어려움 없이 세상을 견디어낼 수 있었다.

아버지의 노력 중에 빼놓을 수 없는 것이 소다. 어린 소를 길들여 일소를 만들고 그 소가 낳은 송아지를 팔아서 학자금 마련에 보탰다. 그 소를 이용하여 논 갈고 밭 가는 쟁기질, 짐을 실어 나르는 일도 하셨다. 실로 소를 이용하여 농촌에서 하지 못한 일이 무엇이었던가. 그리고 지금은 산속에서 사이좋게 누워 계신다. 그 은혜를 우리는 잊을 수 없다. 남에게 해악을 끼치지 않고 살게 되었으니 비 맞는 봉분 앞에서 눈시울만 뜨거워진다. 우리도 조만간 그 곁으로 떠날 것이다. 그러고 나면 우리의 후손들이 우리 대를 이어 가문을 이끌어

갈 것이다. 그들에게 부끄러움을 끼치지 않는 것이 우리 부모님이 우리에게 남겨주신 책임이라는 정신 아니겠는가.

세상을 살다 보면 무기력해질 때가 있다. 의욕을 잃을 때가 있다. 조금 쉴 때가 된 것이다. 그럴 경우 어디를 가서, 어떻게 쉼으로 원기를 회복하고 새롭게 충전할 수 있을까. 고향을 생각해 보라고 권하고 싶다. 그리고 나를 위하여 헌신적으로 고생하신 분들을 기억해 볼 수 있다면 가장 좋은 방책의 하나가 되지 않을까 생각이 든다.

빈둥빈둥

일에 지친다든지 무력감에 빠지면 잠시 쉬는 게 좋다는 말들을 한다. 그래야 다시 의욕을 찾고 충전된 상태에서 활기 있게 일할 수 있다는 것이다. 정신건강을 위해서도 휴식이 필요한 건 사실이다. 그날이었다. 별로 할 일이 없는데 내가 그런 상태가 아닌가 하여 쉬기로 했다. 그것도 빈둥빈둥 쉬기로 했다. 기왕에 쉬는 것, 철저하게 쉬고 싶었다. 어디서 쉴 것인가. 먼저 쉴 곳을 찾아야 했다.

나는 서울에서 산다. 그래서 누구에게 나를 의탁할 것인가를 서울에서 찾아봤다. 서울에서 수십 년을 살고 여러 사람과 교제를 나누며 살았는데 막상 내게 필요한 사람을 찾으려 드니 단 한 사람도 생각이 나지 않았다. 모두가 자기 나름대로 바쁘게 살 터인데 괜히 피해를 주는 것 같아서 용기가 나지 않았다. 심지어 내가 낳은 자식에게도 전화할 용기가 나지 않았다. 갑자기 내가 헛살았구나 하는 자괴감이 들었다. 그러고 생각하니 그동안 사람 구실을 못 했다는 자책감이 들면서 새삼스럽게 돌아가신 부모님이 생각났다. 생전에 인사가 범보다 무섭다는 말씀을 자주 하시면서 이웃과의 관계를 소홀히 하지 않으셨던 분들이셨다. 그러고 보니 부모님 묘소를 찾은 일도 꽤 오래되었다. 전화를 걸었다. 고향 근처에서 살고 있는 누이동생에게였다. 깜짝 반가워하는 동생에게 저간의 사정을 얘기하면서 고향을 다녀오고 싶다고 했더니 어서 오라고 반긴다.

이렇게 되어 나의 빈둥빈둥 쉬는 일은 예상치 않게 고향 근처의 누이동생네 집에서 시작되었다. 누이는 나보다 다섯 살 아래인데 지방 소도시에서 혼자 살고 있다. 남편을 수년 전에 떠나보내고 슬하의 남매도 직장 따라 떠나 살고 있다. 그래도 씩씩하게 잘 산다. 외롭다거나 힘들다는 소리 않고 산다. 그 집에 내가 식객이 되어 그야말로 빈둥빈둥 살게 되었다. 가까운 곳에 공원이 있어 아침 저녁으로 산책하기 좋고 집 안이 조용해서 글쓰기도 안성맞춤이었다. 부모님 묘소를 찾아가 성묘하는 효도도 모처럼 하고, 친척들 중에 연로하여 노환으로 고생하는 분들을 찾아 위로도 하며 보낼 수 있었다.

그동안 오라비 노릇도 제대로 못 한 내게 동생은 오라비 대접을 충실히 하려 들었다. 그게 아니라고, 신경 쓰지 말라고, 빈둥빈둥 놀다 가면 된다고 말렸더니 누구보다 허물없이 나를 대할 수 있어 자신은 오히려 편하다고 했다. 그 나이에 자기 몸에 알맞은 일도 하고 일터를 다녀오면서 과일도, 생선도 사 들고 온다. 우리 어머니께서 돌아가시기 전에 이 집이 제일 편하다며 동생의 집에서 말년을 보내기도 하셨다. 5남매의 고명딸로 어머니를 얼마나 잘 모셨던지. 우리 4형제는 이 동생에게 빚을 진 기분이다. 얼굴도 어머니를 닮았고 호리호리한 몸매도 영락없는 어머니 모습이다. 평소에 검소하셨던 모습도, 부지런하셨던 모습도 닮았고 조리한 음식 맛도 어머니 솜씨 그대로다. 푹 쉬고 가라는 마음 씀씀이도 어머니 냄새다.

밤이 늦도록 누이동생과 어머니를 비롯한 가족 얘기를 나누면서 나는 생전의 어머니를 마주하고 있다는 착각까지 했다. 어쩌면 그렇게 살가울까. 빈둥빈둥 놀아도 흉허물이 되지 않고, 왜 그렇게 사느냐는 핀잔도 들을 필요가 없는 아늑한 고향. 그러고도 떠날 때가 임박하자 눈시울을 적시며 아쉬워하는 동생을 두고 돌아왔다. 빈둥빈둥 놀고 오겠다는 계획이 보기 좋게 허물어진 여행이었다. 어머니가 그리운가. 누이동생을 만나라. 아버지가 그리운가. 형제들을 가까이하라. 거기에 부모님의 정신이 살아 있다.

셋째 딸 순자順子

내 아내는 강姜 씨 가문의 셋째 딸이고 이름은 순자順子다. 요즈음 감각으로 하면 이름이 촌스럽다. 끝에 아들 자子 자字를 붙이는 일제의 잔재가 묻어 있는 흔한 이름이다. 요즈음에 누가 이런 이름을 짓는가. 이제는 순수한 우리말 이름을 짓는 경우가 많아졌다. 정말 개성도 있고 멋도 있고 의미도 깊은 이름들이다. 그렇다고 내가 내 아내의 이름인 순자가 싫다는 뜻은 결코 아니다. 그 이름과 같이 살아온 세월이 얼마인가. 자연스럽게 정이 들었고 또 어쩐지 그 이름은 사람이 순박할 것 같다는 생각이 들게도 한다.

흉을 좀 본다면 아내는 맹한 데가 있다. 타고난 성품인지 아니면 시골에서 자라서인지 조금만 뒤틀어서 말하면 의도하는 말 뜻을 이해하지 못한다. 가령 예쁜 아이에게 "너는 왜 그렇게 밉냐?" 하고 말하면 큰일 난다. 왜 예쁜 아이에게 밉다고 하느냐며 당장 대든다. 반어법反語法에 익숙하지 못한 것이다. 그 아이의 엄마는 내 말의 뜻을 알아듣고 빙긋이 웃는데 아내는 방방 뛰는 것이다. 이런 땐 답답하다. 그런데 사람들은 그런 아내를 보고 순박해서 그런다며 오히려 두둔을 한다.

그러나 자기들이 같이 살아봤는가. 곧이곧대로만 말하고 들어야 하는데 무슨 재미가 있는가. 아예 유머니, 위트니 하는 것하고는 담을 쌓고 살아야 한다는 것은 답답한 노릇이다. 나는 그럼에도 가끔씩 그 약점을 이용하여 아내를 놀린다. 엉뚱한 소리로 아내의 사고思考를 혼란시키고 상식에 맞지 않는 듯한 말로 숙고熟考하게 만든다. 그러면 한참 생각하여 말뜻을 이해하고 내게 "자기를 놀리는 재미로 사는 사람"이라고 말하기도 한다. 하긴 맹한 사람 놀리는 재미는 쏠쏠한 것이다. 악의적으로 놀린다면 그야말로 악한 일이지만 선의로 놀린다면 그것이 절대 악한 일은 아니다.(그러나 그렇다 하더라도 경우에 따라서는 조심해야 할 일이다.)

사람들 중엔 내가 셋째 딸하고 사니까 마치 맹이나

잡은 줄 아는 분도 있는 것 같다. 어떤 근거에서 나온 말인지 모르지만 예전에 우리 사회에서는 "셋째 딸은 선도 보지 말고 데려가라"는 말이 있었다. 셋째 딸은 다른 딸들보다 예쁘기도 하고 마음도 착하다는 뜻이었으리라. 그러나 나는 이 사실을 사람들 앞에서나 아내 앞에서 이렇게 해석해 준다. 셋째 딸이 얼마나 형편없었으면 선도 보지 말고 그냥 데려가라 했겠느냐? 그 말만 믿고 데려왔다가 낭패만 당했다고.

순자順子라는 이름의 해석도 그렇다. 일반 사람들은 아기 때 성품이 순하니까 그렇게 지었을 것으로 생각하기 쉽다. 그러나 내 해석은 다르다. 얼마나 성품이 사나우면 그렇게 지었겠느냐? 앞으로 순하게 되라는 염원과 기대를 걸어서 지었을 것이다. 내 아내도 본래 순하기 때문에 순자順子가 아니라 후자, 즉 악하고 사나워서 우리 장인어른이 제발 사위 앞에서 고분고분하고 순하게 대하라는 뜻으로 지은 것이라고.

처음엔 내 이런 해석에 아내가 방방 뛰었지만 이제는 빙긋이 웃기만 한다. 사람들 앞에서 자주 사용하다 보니 아내도 내 말의 의도를 알게 된 것이리라. 그러니 이제 그 이론으로는 약발이 떨어진 것이다. 그렇다면 이제부터는 어떻게 아내를 놀리며 살까? 내 이름을 '영수'라고 개명改名하겠다고나 해볼까? 내 장인어른의 함자銜字가 길 영永, 물가 수洙, 영수永洙 씨다. 그러면 "당신이 우리 아버지란 말이오!" 하면서 한동안 또 방방 뛸 것이 아닌가. 상상만 해도 재미가 난다. 아무튼 아내 놀리며 사는 재미도 이 삭막한 세상에서는 쏠쏠하다. 사랑하는 강 씨 가문의 셋째 딸, 순자여!

*『서울문단』 2021년 제10호.

오래오래 살게나

공교롭게도 이 편지를 병상에서 쓰게 되었습니다. 서울대학교병원, 72병동 19호실. 환자번호 2900-1066.(사람도 때로는 번호 하나로 나타내질 수 있다.) MRI 촬영 결과 신장腎臟에 기분 나쁜 게 보인다 해서 오른쪽의 것, 일부를 수술했습니다. 내가 병상에서 이 편지를 쓰게 된 것을 공교롭다고 표현한 것은 아내를 생각하면 내가 늘 힘들게만 하고 신세를 져 왔다는 생각뿐이라서 그 이야기를 쓰려 했는데, 이번에도 또 이런 일을 구체적으로 겪게 만들었다는 데서 하는 말입니다.

처음 나는 이 수술을 가볍게 생각했습니다. 나를 담당한 비뇨기과 과장님이 화요일 오후에 입원해서 다음날 수요일에 예의 그 기분 나쁜 부분을 제거한다고 하면서 원인도 수술 후에 검사로 알게 될 것이라 하기에 심각하게 여기지 않은 것입니다. 결국 이 수술은 원인을 알고 치료하는 수술이 아니라 원인을 규명하는 차원의 수술이라는 점과 입원 후 곧바로 수술을 한다는 것과 또 무엇보다 수술 후 며칠만 요양하면 다음 주일 강단에 서는 일에 지장을 받지 않게 되겠다는 계산을 하니 마음 편하게 수술에 임할 수 있을 것 같았고 그래서 주저 없이 임하게 된 것입니다. 나는 내 이 음모(?)를 교인들뿐 아니라 당신에게까지 철저히 비밀로 하리라 마음먹었습니다. 다른 이유는 없었습니다. 여러분에게 걱정 끼쳐드리지 않기 위해서였습니다. 특별히 당신은 내가 아프거나 수술을 할 때마다 얼마나 괴로워했습니까. 당신 표현으로 제 명에 죽지 못하겠다고, 10년은 감수減壽했다고 하지 않았습니까. 내 아픔을 당신의 아픔보다 더 아프게 겪는 당신에게 염치 없이 또 그 아픔을 겪게 하고 싶지는 않았습니다.

그런데, 그런데 말입니다. 이 수술은 내 생각대로 그렇게 가벼운 수술이 아니었고 더구나 비밀로 할 수 있는 일이 아니었습니다. 처음부터 보호자의 허락 없이 수술에 들어갈 수 없었습니다. 그렇습니다. 당신은 결혼하여 같이 살아온 지금까지 나의 보호자였습니다. 결국은 당신의 허락한다는 날인이 있은 후부터 모든 절차는 진행되게 되어 있었습니다. 입원으로부터 퇴원하기까지의 모든 일에 철저히 당신은 나의 보호자였습니다. 회복 시간까지 포함하여 무려 다섯 시간 정도가 소요되었습니다. 당신이 그 시간을 어떻게 보냈겠습니까. 나는 전신이 마취되어 있으니까 의식 없이 몸을 맡긴 상태였지만 당신은 의식이 또렷한 상태에서 어떻게 기다렸습니까? 즐거운 시간은 빨리도 지나가지만 어찌 괴롭고 아픈 시간은 그렇게 더디고 멈춰 있는 듯하지요? 처음엔 안절부절못하다가 곧 당신은 두 손을 모았을 것입니다. 당신은 그래도 명색이 목회자 부인이 아닌가요. 아니, 당신은 나에게 있어서 최선의 사모 역할을 감당한 신앙인으로 나는 믿고 있습니다. 그러니 당신이 나를 위하여 기도한 그 시간은 그 간절성으로 보나 길이로 보나 절대로 짧지 않았을 것입니다. 애간장을 녹이는 아픔을 겪게 한 뒤에 나는 환자로 나왔습니다. 진실로 수술하러 들어가기 전의 나와 수술을 하고 나온 나는 달랐습니다. 우선 고통을 참아내는 일이 속된 표현으로 장난이 아니었습니다. 병상에 오르고 내리는 일이 왜 그렇게 힘들까요. 움직일 때마다 수술 부위가 찢어지는 것 같았습니다. 재채기나 기침을 마음대로 할 수 있다는 것은 얼마나 감사한 일인가요. 숨도 크게 쉴 수가 없었습니다. 입맛이 떨어졌습니다. 그렇게 식욕이 왕성하던 내가 음식 냄새부터 싫어졌습니다. 새삼스럽게 이런 말을 하는 이유는 내가 너무 감사를 모르고 살아왔다는 생각이 들어서입니다. 여보, 이 시점에서 내가 당신에게 고백할 수 있는 말이 무엇이겠습니까? 앓는 어린애를 가슴에 품고 같이 아파하는 어머니의 마음으로 나를 품어준 당신의 마음을 내가 어찌 잊을 수 있겠습니까. 어렵고 힘든 일을 우리가 한두 번 겪었습니까. 그때마다 당신은 상한 심령으로 나의 위로자요, 조력자요, 보호자 역할을 해 주었습니다. 때로는 자애로운 어머니처럼 나의 아픔을 싸매느라 힘들었습니다. 미안합니다. 당신을 아프게 하는 일은 이번 일로 끝이 되었으면 합니다. 고맙습니다.

언젠가, 즐거울 때에 당신은 농담으로 당신과 나는 "만나서는 안 될 사람이었다."는 말을 한 적이 있습니다. 농담인 것은 분명하지만 그 말이 내게는 쉽게 잊혀지지 않는 말이기도 합니다. 물론 내가 그 말을 지금 떠올리는 것도 절대로 섭섭하다는 뜻이 있어서가 아니란 점도 당신은 압니다.

당신이 농담으로라도 나를 가리켜 만나지 말았어야 할 사람이라고 생각했다면 아마 두 가지 이유였을 것입니다. 첫째는 내가 목회자가 되었다는 이유지요. 당신은 시골에서 자존심이 무척 강하고 신앙심이 좋은 소녀였습니다. 당신이 성장하면서 사람들은 당신이 장차 훌륭한 사모감이라면서 본인의 생각은 염두에 두지도 않고 중매를 하기 시작했습니다. 그래서 당신과 결혼하겠다고 나서는 사람들이 한결같이 목사후보생 또는 전도사님들이었습니다. 당신은 그러나 모두 물리쳤습니다. 장차 목사가 될 사람하고는 결혼하지 않겠다는 이유에서였습니다. 아마 남을 섬기는 일에 자신이 없었던 게지요. 무슨 일이든 사명감이 없다면 그 일이 아무리 좋은 일이라 할지라도 짐이요, 고역이 아니겠습니까.

그런데 당신이 나의 구애를 받아들였고 나와의 결혼을 허락했습니다. 장래가 매우 불투명한 나를 택한 것입니다. 사람들은 당신이 나를 택한 것에 대해서 별일이다 싶어 했습니다. 제 눈에 안경이라고 생각했겠지요. 당신이 나를 받아들인 이유 중에는 분명히 내가 앞으로 목회자가 되지 않을 것이란 점도 있었을 것입니다. 그만큼 당신은 목회자의 부인으로 산다는 것에 자신이 없었고 두렵기까지 했었습니다. 그런데 결혼 이후 내가 목회자의 길을 걷게 되었습니다. 꿈에도 생각지 않은 길을 걷게 된 것입니다. 결국은 내가 목회자가 되지 않겠다고 한 것은 당신과 결혼하기 위해서 당신을 속인 것이 되고 말았는데 일부러 속인 것이 아니란 건 당신도 잘 압니다. 내게 어느 한 구석이라도 목회자의 자질이 있었습니까? 내성적인 성품에다 사람들 앞에 서는 것조차 두려워하는 사람이 어떻게 강단에 서서 말씀을 전할 수 있겠습니까. 신앙심도 썩 좋지 않았고 소명감도 없었으니까요. 그런데 주변의 사람들은 나보고 깊은 기도를 해 보라고도 했고 목회자 자질이 있다고도 했습니다. 결국 주변의 사람들이 나보다 나를 더 잘 알아보고 있었던 겁니다. 드디어 당신의 묵인하에 신학을 공부하고 목회자가 되었습니다. 그리고 당신을 사모의 길로 끌어들였습니다. 그러니 그 생활이 얼마나 힘들었겠습니까. 준비되지 않은 당신에게 사모의 길은 한동안 힘들었을 겁니다. 사람들은 당신이 그렇게 싫어했던 목회자 부인이 된 것에 대해서 운명이라 했을 것이지만 우리는 하나님의 섭리로 믿고 있지요. 아마 불신자들은 팔자라고 할 것입니다.

두 번째 이유는 당신과 나의 성품 차이였을 겁니다. 처음엔 몰랐는데 살아가다 보니 다른 점이 너무 많이 발견되더군요. 모두를 다 얘기할 수는 없고 몇 가지만 예를 든다면 이런 것들입니다. 나는 좀 털털한 편이지요. 좋게 말하면 소탈한 성품인데 당신은 모든 것이 제자리를 찾아 가지런히 놓여야 하고, 먼지 하나라도 쓸어야 하는 깔끔한 사람이었습니다. 내가 어지럽히는 것이 성품이라면 당신은 치우는 것이 취미인데 어찌 충돌이 안 일어나겠는지요. 그런 충돌에서 내가 힘이 드는데 당신의 마음인들 편했겠습니까.

그뿐인가요, 나는 여러 번 생각하고 말하는 숙고熟考형이라면 당신은 일단 마음에 둔 생각을 풀어놓고 보는 성격이지요. 그게 서로에겐 답답한 노릇이었습니다. 당신이 마음속을 적나라하게 풀어놓을 때마다 목회자인 나는 혹시 무슨 부작용이라도 일어나지 않을까, 얼마나 조마조마했겠습니까. 그런 당신에게 매사에 조심하느라 주억거리기만 하는 내가 얼마나 답답했겠습니까.

그럼에도 우리는 오늘 여기까지 큰 어려움 당하지 않고 왔습니다. 물론 하나님의 은혜였지만 나는 당신의 참음과 배후에서 협력해 준 공로를 결코 잊을 수 없습니다. 여러 성품의 사람들이 모여 있는 교회이기 때문에 잘 한다는 것이 실수가 되고 비위를 맞춘다는 것이 아부가 되고 잘 섬긴다고 한 것이 오해를 낳는 일이 어디 한두 번인가요. 오직 목회자인 내가 하는 사역 때문에 자존심을 꺾은 일도 한두 번이 아니었음을 왜 내가 모르겠습니까. 쉬 잠들지 못하게 한 일들을 어떻게 다 셈할 수 있으리요. 셈할 필요도 없고 해서도 안 되는 것이지요. 걸핏하면 참아야 한다면서, 하나님 때문에 참아야 하고, 교회의 덕을 위하여 참아야 하고, 목사인 남편을 위하여 참아야 한다고 주변은 당신에게 인내를 강요했습니다. 이를 실천하느라 애쓴 당신의 가슴을 해부하면 아마 시커먼 멍이 들어 있을지 모를 일입니다.

일반 사람들과 따지고 보면 다를 바 하나도 없는데 목사 부인이라는 이 굴레를 메고 살아온 당신에게 나는 미안한 마음이 왜 없었겠습니까. 가정생활과 아이 교육까지도 다 맡기고 오직 목양 일념이라는 구실로 가정에 신경 쓰지 않은 것은 분명히 내 불찰입니다. 정말 나는 당신에게 무능한 사람일 뿐이었습니다. 지난번에 당신이 갑자기 아파서 응급실에 실려 가기까지 했다는 소식을 듣고 집에 들어갔었는데 그 자리는 나의 무능을 그대로 드러내는 자리가 되었습니다. 나는 이런 글을 남겨 두었습니다.

내가 들어온 줄도 모르고
아내가 침대 위에 누워 있다
미동도 없이
참 별일이다, 이런 적이 없었는데
아내의 얼굴 가까이에 귀를 기울여 본다
숨소리가 가냘프게 들린다
살아 있다
어제부터 속이 쥐어뜯는 것같이 아프다더니
조금 우선한가, 잠에 빠져 있다
깨우지 말아야지
몸부림치다 겨우 얻은 그의 평안을
깨뜨리지 말아야지

지금 내가 아내에게 해 줄 수 있는 것은
살금살금 걸으며
고작 그 앞에서 조심하는 일밖에 없다
-내가 할 수 있는 일이라곤

돌이켜보니 당신과 내가 인연을 맺고 같이 산 기간도 꽤 되었습니다. 목회생활을 한 지도 30년이 가까워 가고요. 그동안 우리도 성격이 맞지 않아 아옹다옹할 때도 있었고 그러고 나면 한동안 서먹서먹하기도 했었지요. 이제 종심從心을 향해 가면서 생각하니 부질없는 짓도 꽤 한 것 같습니다. 그래도 다행인 것은 우리가 사명을 깨닫고 그 일에 진력하면서 얼마나 감사한 생활을 하고 있습니까. 늙어가면서 서로 의지하며, 서로 귀한 줄도 알고, 불쌍한 줄도 알며, 서로 덮어주며 산다는 것이 얼마나 다행인가, 새삼스럽게 생각이 듭니다. 요즘 당신이 어린아이처럼 나 없으면 한시도 살 수 없노라고 할 때 나는 행복감을 느낍니다. 사실은 당신이 없으면 내가 힘듭니다. 당신이 집안에서 모든 가정사를 맡아 주었으니 내가 이만큼이라도 사역을 감당할 수 있지 않았겠습니까. 자랑일 수 없는 것을 하나 공개한다면 나는 지금도 세탁기를 어떻게 돌리는지 모릅니다. 지난번엔 당신이 없을 때 들어왔는데 밥통에 밥이 있는 줄 알면서도 열 줄을 몰라서 굶은 일이 있었습니다. 이런 사람이 어떻게 당신의 귀함을 아직도 모르겠습니까. 그동안 당신은 철저하게 헌신한 겁니다. 나를 위한 당신의 헌신이 곧 하나님의 사역을 위한 헌신이 아니겠습니까. 고맙습니다.

이제 생각하면 우리가 지난날 서로 성품이 다르다고 잠시라도 불평하며 서로 잘못 만났나 생각한 것은 그야말로 잘못된 생각이었습니다. 서로 다르기 때문에 지금 우리는 얼마나 조화를 잘 이루며 사는지요. 우리 모두가 털털하기만 했더라면 집안 꼴이 돼지 우릿간과 무엇이 다르겠소. 내가 어질러 놓으면 치우는 당신이 있어서 항상 산뜻하게 살 수 있었고, 당신이 급한 성격에 저질러 놓은 일이 있으면 내가 수습할 수 있었지 않습니까. 서로 다른 것이 틀린 것이 아니었습니다. 우리의 결혼을 허락하시고 목양의 길을 걷게 하신 하나님의 섭리가 잘못되었을 리 없습니다. 이제 우리에겐 건강이 가장 중요한 것 같습니다. 아이들도 혼인을 하고 우리의 사역도 잘 마무리하면 얼마나 감사한 일이요, 더 바랄 게 무엇이겠습니까. 아프지 말고 건강하게 내

옆에 오래 남아주구려. 내 마음을 부족한 대로 이렇게 전하며 마치려 합니다. 진정 감사하오. 당신을 내게 허락해 주신 하나님의 그 절묘한 섭리와 은총에 감사를 드리지 않을 수 없습니다. 끝으로 내 마음에 아직도 소녀처럼 아름답게 남아 있는 당신에게 시답지 않은 글 하나 남깁니다.

아내여, 오래 살게나

아내여,
나 없으면 심심할 터인데 오래 살게나
당신 놀리는 재미로 사는 나에게
당신은 오래 살게나
순박한 것인지, 어리석은 것인지
반어법이나 비유법에 익숙하지 못해서
곧이곧대로 듣다가 나중에 깨닫고 화내는 모습
당신은 아직도 나에겐 천진한 소녀
아무 옷을 걸쳐도 당신은 청초하다
미니스커트를 입어도 어울릴 걸세
행여 다 늙었다고 자조하지 말게나
빨간 루주 칠한 화사한 얼굴

하이힐 신고 낭창낭창하게 걷는
아직도 나는 그 모습을 지우고 있지 않다네
나를 즐겁게 하기 위해서 태어난 당신
나를 괴롭게 하기 위해서 태어난 당신
나 아니면 당신의 짜증을 누가 받아주겠는가
털털한 것을 소탈한 것으로 착각하는 나에게
당신은 답답할지 몰라도
나에겐 당신의 잔소리가 필요하지
나도 서툴지만 세상 사는 방법
그래서 천생연분이라 하는지
당신도 숙맥인 건 마찬가지
세상에 당신 같은 사람만 있다면 얼마나 좋을까
나도 살아가기가 수월할 터인데
나를 위해서 당신은 오래 살게나
젊어 이래 고생시킨 것, 앙갚음하면서
오래오래 살게나
나 때문에 당한 가난과 서러움 곱씹으면서
지독하게 이를 악물고
아프지 말고 오래 살게나
왜 그리 몸도, 마음도 지지리 허약하게 태어났는가
하루라도 당신이 없으면 집 안이 텅 빈 것 같은데

허전함을 남겨주지 말고
아내여, 오래오래 살게나
사랑한다는 말 같은 것
우리에게는 아직도 쑥스럽기만 한 사치스런 언어
세련되지 못한 언어를 구사하고
숙달되지 못하여 어설픈 행동
그래도 이웃에게 폐 끼치지 말고
눈 딱 감고 하나님만 위하여 살고자 한 당신이여
그냥 오래오래만 살게나

*『월간 목회』 2013년 2월.

실수에서 얻은 사랑

아내는 나보다 통이 크다. 거기에다 어느 땐 침착성 마저 잃을 때가 있어 나를 당혹하게 만드는 경우가 더러 있다. 서두를 때를 보면 덤벙댄다는 표현이 맞을 정도로 앞뒤를 가리지 않고 무슨 일을 결정해 버리는 것이다.

살다 보면 꼬이는 일들을 만나기도 하지만 이번에 베트남 여행 중에서 그 일이 발생했다. 부부 수련회가 있어서 우리 부부도 40여 쌍 중의 한 쌍으로 끼어들었다. 여행 중에 가이드가 그 나라 특산품점으로 인도하는 행위는 흔한 일이 되었으니 나무랄 것도 아니고 또 강매가 아니라면 필요한 사람들에게 필요한 물건을 안내해 주는 것을 나쁘다고만 할 수 없는 노릇이다. 그날 우리는 웅담을 파는, 무슨 연구소인가 하는 곳으로 인도되었다. 그곳의 무슨 부장이라는 직함을 가진 사람이 우리들 앞으로 마취시켜 놓은 곰을 들여오도록 하고 직접 담즙을 채취하는 것이었다. 그리고 약효와 음용방법을 소개했다. 전문가가 아닌 우리네야 웅담이 몸에 좋은 한약제라는 얘기는 들어봤어도 어디 그 효능에 대해서 알 수 있는가. 그저 들어나 보자는 자세로 앉아 있는데 설명을 마친 뒤 누구든지 원하면 건강을 체크해 주겠다고 했다. 우리 부부는 두 번째로 나가서 손을 내밀게 되었다. 그 부장이라는 사람이 진맥을 하며 건강상태를 말하면서 웅담을 먹을 사람과 먹어서는 안 되는 사람도 구별해 주었다. 먼저 아내의 손을 잡은 그 부장이 아내에게 이런저런 내용을 말하다가 아내의 귀에서 소리가 날 것이라고 했다. 그렇다. 아내는 몇 년 전부터 이명耳鳴 때문에 고통을 당하고 있었던 터였다. 이 병명을 짚어내는 순간 아내는 속된 표현으로 뿅 가버렸다. 다음으로 내 손목을 잡고 진맥을 하려는 순간에 다짜고짜 그 웅담을 사겠다고 나섰다. 순간 가슴이 덜컥했다. 이를 어찌하나. 우리 형편으론 가격이 만만치 않을 터인데. 알고 보니 내가 한 달 동안 부지런히 일해서 얻는 사례비보다 많은 액수였다. 아내는 자기의 질병을 용하게 알아낸 것을 신임해서 그 약을 먹으면 금방 나을 줄 알았던 모양이다.

이런 때 나는 참 당혹스럽다. 사지 말라고 하면 남편으로서 제 구실을 못 하는 것 같고, 사라고 내버려 두자니 우리 형편으로는 너무 과하지 않은가. 돈을 아낄 때 보면 아내는 구두쇠다. 그런데 왜 이렇게 숙고의 시간도 없이 덤벼들까. 내심 못마땅하기도 했지만 이번 여행에서는 아내의 마음을 편안하게 해주리라고 처음부터 각오한 것이 있어 나는 마음내키는 대로 하도록 내버려 두었다.

아니나 다르랴. 웅담을 사고 돌아오는 차 안에서 아내는 후회를 하기 시작했다. 돈도 돈이지만 약효까지 의심스러워진 것이다. 아직 돈을 다 지불하지 않았으니 계약금을 떼고 물러야겠다고 했다. 우리는 현찰이 없어서 그것을 외상으로 샀던 것이다. 이렇게 되면 내 얼굴이 화끈거릴 수밖에 없다. 이제는 오히려 내가 안정을 찾아서 그 마음을 달래주어야 하는 처지가 되었다. 지난번 아내가 귀에서 소리가 난다고 호소할 때 대수롭지 않게 여겼던 일이 생각났다. 짜증이 나고 어떤 때는 자기도 자기 마음을 다잡을 수 없어 고층 아파트에서 뛰어내리고 싶은 충동이 일 때도 있다고 했는데. 오죽 이명의 고통이 컸으면 이명을 고칠 수 있다는 말에 다짜고짜 사겠다고 나왔을까. 아내는 비싼 돈 주고 순간적으로 산 것을 후회하고 있었고 나는 그동안 아내의 고통을 이해해 주지 못했을 뿐 아니라 고쳐주지 못한 일을 후회하고 있었다. 그러나 어쩌랴. 지금이라도 아내의 마음을 풀어주고 달래주어야 할 사람은 나밖에 없지 않은가.

숙소로 돌아와서 아직도 흥분과 후회를 떨치지 못하고 있는 아내에게 나는 정중히 사과를 했다. "여보, 당신이 이명 때문에 그렇게 고통스러워한 걸 고쳐주지 못해서 미안하오. 내가 잘못했소. 그까짓 돈이 대수요? 또 비싸면 어때요. 내가 당신을 위하여 그 정도도 쓸 수 없겠소. 걱정하지 말아요. 당신 신경 하나 쓰지 않도록 내가 다 마련해서 해결할게요. 당신이 이 약을 먹고 완전히 낫지 않더라도, 아주 손톱만큼의 효력만 있다고 해도 나는 그것으로 기쁘겠소. 당신이 아파서 고통당하는데 돈 쌓아놓고 안 고쳐주면 되겠소. 집이라도 팔아서 고쳐야지요. 잘 된 거요. 약효도 틀림없이 있을 거요."

겨우 아내의 마음을 달래서 안정시켜 놓았지만 그렇다고 아내의 마음이 온전하게 평안해지지는 않았을 것이다. 내가 왜 그랬을까, 하는 후회를 아주 떨쳐내지는 못했을 것이다. 말만 하지 않고 있을 것이다. 그래도 다소나마 아내의 마음을 누그러트려 놓았다고 생각하니 마음이 편했다. 문득 심청전에 나오는 심 봉사가 생각났다. 쌀 서 말도 없는 사람이 공양미 삼백 석만 있으면 눈을 뜰 수 있다는 말에 앞뒤 생각할 겨를도 없이 약조를 했다지 않은가. 얼마나 앞 못 보는 고통이 컸으면 그런 무모한 약속을 쉽게 할 수 있었겠는가. 그렇게 저질러진 일은 우여곡절을 겪긴 했지만 결국 극적으로 잘 마무리 되지 않았는가. 잃는 데서 잃기만 하는 것이 아니라 얻어지는 것도 있다. 더 소중한 것을 얻을 수도 있다. 우리네 삶은 더러 실수를 통해서 깨닫기도 하고 성숙해지기도 하는 것이다. 실수가 전혀 없는 완벽한 삶을 어떻게 살 수 있을까. 실로 그런 삶이란 있을 수도 없고 설령 있다면 재미없는 삶이 될 것이다. 세상에는 이성만으로 안 되는 일도 있고 돈으로 계산해서는 안 되는 일들도 많다.

어머니와 아내

1

이제는 어머니께서 지어주신 밥을 먹은 기간보다 아내가 지어준 밥을 받아먹은 기간이 훨씬 길어졌다. 이렇게 되면 아내가 지어주는 음식 맛에 익숙해져야 맞다. 그럼에도 예전의 어머니께서 지어주시던 음식 맛이 가끔씩 생각난다. 지난날 어머니께서 만들어 주셨던 음식과는 그 재료나 양에 있어서 지금이 훨씬 풍성해졌지만 그럼에도 어머니께서 만들어 주셨던 지난날의 음식 맛이 그리워질 때가 있다.

내가 이런 말을 하면 아내가 기분 나빠 할 수도 있다. "정성껏 음식 만들어 바쳤더니 아직도 어머니의 음식 맛하고 비교나 하고" 하면서. 그러나 아내여, 용서하고 이해해 주시라. 나는 지금 나쁜 뜻으로 음식 맛을 비교하는 것이 아니라 일테면 어머니에 대해서는 향수 같은 것이 있음을 말하고 있는 것이다. 실로 지금 어머니께서 다시 살아오셔서 음식을 만들어 주신다고 해도 아내인 당신이 만들어 준 음식 맛하고 비교할 수 있겠는가.

나는 지금까지 아내가 차려 주는 밥상을 앞에 놓고 반찬타령 한번 해본 일이 없다. 모두가 내 입에 맞아서는 아니었다. 처음 아내가 차려 주는 밥상에서부터 그 분위기나 맛이 어머니의 그것과 다르다는 것은 알았지만 그러나 어쩌랴. 이제부터는 쓰나 다나 이걸 먹고 살아야 한다는 것을 내가 왜 모르겠는가. 운명적으로 한쪽을 받아들여야 한다면 다른 한쪽은 빨리 포기하는 게 낫지 않은가.

더구나 이 반찬에는 비타민이 어느 정도 들어 있고 저 반찬에는 단백질이 많이 들어 있다는 둥, 나름대로 영양을 고려하여 만든 음식이니 아뭇소리 말고 넙죽넙죽 받아먹어야 한다. 그리고 하루라도 빨리 아내가 차려 주는 음식 맛에 익숙해져야 했다. 적어도 현명한 사람이라면 그래야 했다.

그러나 지금 생각해도 신기한 것은 영양을 생각해서 만든 음식을 먹어서 그런지 내 아랫배는 위험 수위에 도달했다고 할 정도로 불거져 있다. 어떤 음식에 어떤 성분이 많이 들어 있으며 칼로리는 얼마인지 전혀 모른 채 그냥 채소면 채소, 생선이면 생선을 찌든지, 볶든지, 삶든지, 버무리든지 어머니께서 만들어 주신 음식을 먹었을 때는 맛으로 먹어도 배는 나오지 않았었는데. 하긴 내 아랫배 불거진 것이 아내의 음식 탓은 아니지만 내 솔직한 심정은 음식에서 영양분이나 칼로리를 따지지 않고 그냥 마음 편하게, 맛있게만 먹고 싶은 것이다.

2

나는 양말을 신으면 어찌된 영문인지 뒤꿈치 같은 바닥이 먼저 떨어지는 것이 아니라 엄지발가락 앞에 구멍부터 난다. 새 것을 신어도 얼마 못 가서 구멍을 내고 엄지발톱이 빼죽하게 얼굴을 내민다. 발톱을 깎지 않아서 그런가 하여 자주 발톱을 깎는데도 소용이 없다. 그러니 어떻게 하랴. 구멍 났다고 매번 버리기는 너무 아깝지 않은가. 그냥 벗어 놓으면 아내가 세탁기를 이용하여 빨아 놓는다. 나는 그것을 찾아서 신으면 된다. 그런데 유감스러운 것은 빨아 놓긴 했지만 지난번에 뚫린 구멍은 그대로 있는 것이다. 바빠서 미처 손질을 못한 줄은 알지만 그래도 양말을 신었다가 엄지발가락이 나오는 것을 확인하고 성한 다른 양말로 바꿔 신기 위해서 벗으려면 마음이 편치 않다. 그래서 "양말에 구멍이 났어요" 하고 알려주면 아내는 으레 "그 발가락은 이상도 하다" 하면서 자신이 구멍 난 양말을 손질해 놓지 않은 것에 대한 반성보다는 항상 잘못 타고난 내 발가락에 시비를 건다. 그럴 때마다 나는 어머니를 생각한다. 전깃불도 들어오지 않던 시절, 어머니는 저녁상을 물리고 나면 등잔불 밑에서 우리 가족들의 양말을 꿰맸다. 낮에는 들일에 바빠서 못하고 시간이 나는 밤에나 자식들의 양말을 꿰맸다. 얼마나 육신이 피곤하셨을까. 그래도 사랑하는 가족들의 것이기에 졸음을 참으면서 그 일을 귀찮게 여기지 않았을 것이다.

왜 그때는 양말에 구멍도 그렇게 잘 났던가. 하루가 멀게 양말에 구멍이 났다. 그래도 어머니는 "왜 발가락이 그 모양이라냐" 하고 탓하신 적이 없었다. 밖에 나가서 옷을 더럽히고 들어와도, 옷을 찢어먹고 들어와도 "왜 그랬느냐"고 나무라지 않으셨다. 왜 방청소를 하지 않느냐, 왜 설거지를 도와주지 않느냐고 하신 일이 없다. 그냥 당신이 알아서 하셨다.

어머니에게 있어서 자식은 얼마나 만만한 존재인가.

얼마든지 우리의 시설스러움이나 게으름을 책망할 수 있었을 텐데 내 지금 기억으로는 그런 일이 없으셨다. 오히려 오늘날에는 아내가 마치 자식에게 하듯 내게 불평하고 책망하는 일이 잦다. 하긴 자식보다 남편이 더 가깝고 허물이 없어서일 것이다. 이해를 하면서도 나는 요즘 엉뚱한 생각을 한다. “예전의 어머니는 지금의 아내 같았어야 했고, 지금의 아내는 지난날의 어머니 같았으면” 하고.

3

나는 잠버릇이 이상하다. 내가 내 잠버릇을 어떻게 알 것인가. 아내가 옆에서 콩닥콩닥하니까 그런가 보다고 하는 것이다. 내가 잠결에 수도 없이 꼼지락대다가 이불을 걷어차고 잔다는 것이다. 다른 건 몰라도 내가 이불을 걷어차고 잔다는 것은 인정한다. 이불을 걷어찰 때는 몰라도 잠에서 깨어나 보면 이불이 발밑으로 밀려가 있는 경우가 종종 있기 때문이다. 잠결에도 조금 춥다는 느낌이 들어 깨어보면 여지없이 그랬다.

문제는 그때마다 아내가 해대는 말이다. 왜 이불을 걷어차고 자느냐는 것이다. 그렇게 배를 내놓고 자다가 감기라도 들면 어쩌려고 그러느냐고 성화다. 물론 나 위해서 하는 말인 줄 내가 왜 모르겠는가. 그렇다 하더라도 나보고 어쩌란 말인가. 무의식중에 나도 모르게 하는 행동을 난들 어떻게 알고 또 고칠 수 있단 말인가.

그런데 그 잠버릇이 내가 아내와 같이 살면서 느닷없이 생겨나지는 않았을 것이다. 어머니 곁에서 잘 때도 그 버릇이 있었을 것이고, 나 혼자 잘 적에도 있었을 것이다. 그럼에도 내 기억으로는 어머니한테서 왜 잠버릇이 그러느냐고 핀잔을 들은 일이 한 번도 없다. 그때는 그런 버릇이 없고 얌전해서 그런 것은 분명 아니었을 텐데. 자식이 이불을 걷어차고 자면 어머니는 아무 말 없이 다시 덮어주셨을 것이다. 사랑하는 자식이 새근새근 잠들어 있는 모습이 그냥 좋기만 하셨으리라. 더워서 이불 걷어차는 걸 어떻게 하겠는가. 감기 들지 않도록 오히려 더 세밀하게 관찰하면서 걷어찬 이불을 다시 덮어주셨을 것이다.

그런데 참 이상하다. 어머니와 아내는 왜 그렇게 다른가. 내 아내도 제 아들에게만은 이불 걷어차고 잔다고 잔소리하는 걸 한 번도 들어본 적이 없다. 왜 그럴까? 우리 아들은 제 아비를 닮지 않아서 항상 얌전하게 잠을 자는 걸까?

4

나온 김에 잠 이야기를 하나 더 해야겠다. 아는 사람은 다 아는 사실이지만 나는 잠꾸러기다. 잠이 쏟아진다. 차를 타도 졸리고 의자에 기대고 앉아 있어도 졸음이 온다. 그러니 자야겠다는 마음만 먹으면 어디서든지 몇 분 지나지 않아서 코를 골 수 있다. 이런 나를 두고 어떤 사람은 천하태평이라고도 하고 복을 받았다고도 한다. 그러나 정작 나는 천하태평이라서 그런 것도 아니고 복을 받아서인 것만도 아닌 것 같다. 어떻게 해서 생긴 버릇인지 잠을 자고 나야 머릿속이 개운하다. 할 일이 앞에 있으면 한동안 정리가 안 되어 뒤숭숭하다. 차를 타면 약간의 멀미 기운이 있어서 어지럽다. 피곤할 때는 말할 것도 없다. 그럴 때 무조건 눈을 조금이라도 붙이고 나면 개운해진다. 그래서 나를 잘 아는 나는 아무리 급한 일이 있어도 먼저 잠부터 잔 뒤에 일어나서 한다. 내가 지금까지 학교생활과 사회생활을 해오면서 시험 때문에 밤을 새어본 일이 없다면 믿겠는가. 그런데 그게 사실이다. 아무리 중요한 시험을 앞에 두고도 밤 새워 공부한 일이 없다. 노력은 해 보았다. 그러나 번번이 실패했다. 먼저 자고 좀 일찍 일어나서 하자고 했다가 못 일어나서 낭패를 본 일이 한두 번이 아니다.

이제 본론으로 들어가자. 요즈음처럼 흔한 알람시계가 없던 시절에 시간 맞춰 일찍 일어나려면, 몇 시에 깨워 달라고 어머니에게 부탁을 해야 했다. 사실 집 안에서 어머니처럼 부지런한 사람이 누가 있으며 어머니만큼 믿을 만한 사람이 또 누구인가. 그런데 그러마고 철석같이 약속해 놓고도 어머니는 제 시간에 나를 깨우지 않는 것이었다. 나중에 학교에 갈 시간이 임박해서야 겨우 깨워 주었다. 그러면 나는 얼마나 분통이 터지겠는가. 그래서 다 틀렸다고, 징징대며 왜 안 깨웠느냐고 항의를 하면 곤하게 자는 걸 보며 차마 깨우지 못하겠더라고 어머니는 변명을 하시는 것이었다. 자식의 곤하게 잠든 모습을 내려다보면서 조금만 있다 깨우자, 조금만 있다 깨우자 하다가 그만 깨울 시간을 놓치고 마는 것이었으리라.

그런데 아내는 다르다. 일어나야 할 시간이 아직 남았는데도 미리 깨운다. 20분 전에도 깨우고 30분 전에도 깨우고 대중이 없다. 자기가 먼저 깨어 있으면 그렇게 한다. 그때의 5분, 10분이 얼마나 일어나기 싫은 곤한 시간인가. 그러면서도 자기가 잠들어 있으면 책임감이 없다. 나는 어떻게 되든 상관없이 그냥 자는 것이다. 그러니 어떻게 아내를 믿을 수 있겠는가. 내 스스로 알아서 해야 한다. 책임을 돌리려 하는 건 아니지만 늦게 일어나도 내 책임일 뿐이다.

어머니, 제가 이렇게 산답니다. 그렇지만 하나님이 짝지어 주신 아내를 사랑하지 않을 수는 없잖아요.

5

아내는 내가 척척박사나 만물박사라도 되는 줄 아나 보다. 무엇이든지 모르고 궁금하면 내게 물어본다. 물론 곁에 있으니까 손쉽게 묻겠지만 어찌 내가 모든 걸 다 알겠는가. 아는 것도 있지만 모르는 게 더 많다. 솔직히 말해서 어떤 것은 묻는 내용이 시시하기도 하고 또 어떤 내용은 귀찮기도 하고 짜증스럽기도 해서 모른다고 대답하기도 한다.

오늘 아침엔 뜬금없이 조카의 법적 문제를 자기가 나서서 해결해야 한다고 그 절차에 대해서 내게 묻는 것이었다. 당연히 모른다고 했다. 정말 모르는 것이었다. 법적인 문제를 내가 어떻게 알겠는가. 그런데 뒤따라오는 말이 거슬렸다. “귀찮아서 그러지요? 뭘 안다는 게 있어요?” 하는 게 아닌가.

참말로 나는 아는 게 별로 없다. 재주도 없다. 오죽했으면 생시에 어머니께서 어린 나에게 “너는 뭘 해먹고 살래?” 하면서 걱정을 하셨을까. 손재주가 한심하리만큼 없었다. 뭘 만지고, 고치고, 하는 게 싫었다. 나와 상관이 없는 일엔 괜히 끼어들기도 싫었다. 그런데 오늘 아침엔 아내의 반발에 대꾸를 하고 말았다. “목회에 관한 것 아니면 묻지도 말아요.” 아, 그런데 내 대꾸를 받아서 하는 말이 “목회는 잘 해요?”였다.

섬뜩했다. 아내도 순간적으로 실수했다고 생각했을 것이다. 정말 이런 말은 함부로 할 수 있는 말이 아니다. 사기를 꺾는 말이고 치명적일 수 있다. 나는 속으로 ‘그래, 나는 목회도 못하지.’ 하면서 밖으로 나왔다. 괜히 한마디라도 더 거들면 싸울 것 같아서였다. 만약 아내가 내 어머니라면 저런 식으로 말할 수 있었을까. 내 기를 꺾는 말을 저렇게 함부로 할 수 있었을까. 내 아들이 행여나 누구에게 기가 죽을까, 체면도 차릴 새 없이 대들었을 것이다.

어느 때 보면 아내는 내가 자기 마음대로 해도 되는

만만한 존재로 안다. 그래서 아내가 때론 무섭다. 그러나 어머니는 힘이 없으면서도 언제나 아들 앞에서는 용감하다.

6

우리 어머니는 어려서부터 총기가 있다고 칭찬을 들었다는데 내가 경험한 바로도 그랬을 것 같았다. 가까운 사람들은 물론이고 먼 친척이나 하다못해 마을 사람들의 생일이나 제삿날을 전부 머리에 담아놓고 때가 되면 인사치레를 하셨다. 지금 생각해도 놀라운 기억력이었다.

그런데 며느리는 시어머니 조항에서 태어난다더니 내 아내도 기억력이 참 좋다. 조금 잊어버려도 될 과거사도 잊어버릴 만하면 기억해서 내 기분을 수시로 언짢게 만든다. 차라리 그런 기억력은 없었으면 좋으련만 어떤 땐 내 기를 팍 꺾어버리는 무기처럼 들고 나온다. 신혼 때 장난처럼 말씨름한 내용까지 어찌 그리 잘 기억하는가. 특별히 제 친정집 식구들에 대하여 불평하고 흉을 본 이야기는 아마 죽어야 잊을 것이다. 그 현장에서 자기도 같이 흉을 봐 놓고 자기는 안 그런 척

심심하면 꺼내서 나만 고통 속에 몰아넣는다. 그뿐인가, 나의 약점이나 실수를 컴퓨터에 저장된 것보다 정확하게 꺼내서 하이에나처럼 물고 늘어진다. 그런데 왜 내가 잘한 일이나 칭찬 들을 만한 일은 생각해 내지 않을까. 참 인색하다. 컴퓨터에 저장해 놓았다가 고장이 나서 다 날려버린 듯하다.

그런데 지금은 옛날 이야기가 되겠지만, 우리 어머니는 내가 크면서 미운 짓 많이 했을 테지만 그런 이야기를 되새기는 일이 없었다. 학교에서 상을 탄 이야기나 이웃에게 친절해서 칭찬받은 이야기, 어린 나이에 가정사를 도왔던 이야기 등, 들어서 기분 좋고 신나는 이야기만 해 주셨다. 마치 지나간 필름을 다시 돌리듯 생생하게 기억해 내셨다. 그래서 지금도 어머니를 다시 뵙고 싶을 때가 수시로 있다.

그런데 말이다. 내 아내가 제 아들 흠집 내는 이야기는 별로 하지 않는 게 신기하다. 객관적으로 볼 때 그 녀석에게도 허물이 많이 있다. 그런데 그런 이야기는 다 덮어두고 잘한 이야기만 한다. 어머니와 아내는 같은 여자인데 왜 그렇게 다를까? 이런 때는 잠시 아내와 헤어져서 아내는 아들에게 보내고 나는 어머니하고만 살고 싶다. 만일 그럴 수 있다면 어머니께 감사의 말을 아끼지 않고 마구 할 것 같다.

"내 허물을 알면서 감싸주기만 하셨던 어머니, 고맙습니다. 재주라고는 단 하나도 없었던 아들이었지만 그래도 내 아들은 뭔가 해낼 거야 하고 기대했던 어머니. 그 기대를 저버리지 않으려고 애쓰며 내가 여기까지 왔습니다. 어머니 감사합니다. 그런데 어머니, 당신의 아들 흠집 내며 괴롭힌다고 당신의 며느리 너무 나무라지 마세요. 그 며느리도 제 새끼한테는 그렇게 하지 않는답니다. 어머니가 귀여워하는 어머니의 손주는 누가 털끝 하나 건드리지 못하게 하고 허물이 있어도 감추어 주려고 애쓴답니다. 여자의 생리는 어떻게 할 수 없잖아요?"

7

요즘은 때로 아내가 무섭다. 방을 따로 쓴 지가 퍽 오래 되었다. 서로 미워해서가 아니라 내 편에서 생각하면 때로 아내가 무서워서이다. 우리 내외는 성격이나 성품이 많이 다르다. 예를 들면 나는 너절하게 어지럽히고 살아도 아무렇지 않은 데 반해 아내는 그걸 질색한다. 꼼꼼하게 정돈하지 않으면 돼지 우릿간 취급을 한다. 너무 꼼꼼하게 정리를 하기 때문에 때로는 자기가 둔 물건을 어디다 두었는지 잊어버리고 그걸 찾느라 애를 쓰기도 한다. 나는 아니다. 글을 쓸 때도 여기저기에 참고되는 책을 너줄하게 늘어놓고 쓴다. 그러다가 외출할 일이라도 갑자기 생기면 그대로 두고 나간다. 그게 편하고 자유스럽다. 그런데 아내는 내가 떠난 현장에 와서 왜 이렇게 무질서하냐고 한소리한다. 칠칠맞다는 것이다. 요즘 들어 몸에 편찮은 데가 많이 드러나서 그런지 화를 벌컥벌컥 낼 때도 있다. 나이 들어 조금 성질이 누그러질 만도 한데 아직도 아니다. 그러나 내 이론은 그렇다. 끝내지 않은 일을 아무 일 없었던 것처럼 정리해 놓고 나갔다 들어와서 다시 시작하려면 새롭게 찾아야 하는 등 얼마나 힘드는지 아느냐? 제발 내 일에 간섭하지 말라고 타이른다. 사실 나는 조금 어질러져도 편한 게 좋고 자유스러운 게 좋다.

어젯밤에는 혼자 누워서 어머니 생각을 많이 했다. 생전에 고생하시던 모습이 새록새록 생각나서였다. 되돌아보니 내가 어머니를 떠나 살기 전, 어머니의 사랑과 훈계를 들으며 살던 시절에 어머니로부터 꾸중을 들었다거나 책망을 들은 일이 단 한 번도 없다. 내가 모든 일에 모범적이어서는 아닐 터인데 그럼에도 나는 어머니로부터 그런 사랑을 받았다. 그런데 이게 뭐야. 이제는 어머니의 나이가 된 내가 아내로부터 책망을 듣고 때론 무서워하기까지 하다니. 옛날 같으면 뭣 떼어서 개나 주라는 소리 듣지 않겠나요? 그러나 어머니, 너무 언짢아하지 마세요. 당신 며느리 심성이 착해요. 제 아들이 찾아오면 칙사 대접이 따로 없다오. 마치 그 아들만 그리워하고 사는 것 같아요. 어머니들은 모두 제 자식을 그렇게 사랑하나 봅니다. 그 자식도 나를 닮아서인지 꽤 털털하거든요. 그래도 귀하게 여기는 걸 보면서 이제 여자를 조금 알 것 같아요. 그리고 내가 처음에 말한 '아내가 무섭다는 말' 그거 엄살입니다. 부부가 살면서 그 정도의 성격 차이도 없이 무관심해서 되겠습니까. 어머니, 고맙습니다. 당신 아들 잘 살고 있습니다.

*『숨 문학』 2023년 창간호.

제3부

사육되는 한 마리 짐승

사람의 생각과 하나님의 섭리

노 집사가 큰 병이 들었다. 그의 부인인 이 집사가 나를 불러서 자기 남편이 큰 병이 들었노라고 알려주었다. 멀쩡했던 사람에게 갑자기 무슨 병이냐고 물었더니 폐암 말기인데 그동안 발견하지 못했다면서 성도들한테는 잠시 비밀로 해두자고 했다. 청천벽력이었다. 그동안 신앙생활도 예쁘게 하였고 내게 깊은 신뢰를 준 사람이었는데 보통 낭패가 아니었다. 그러나 어쩌랴. 미심쩍어 다른 병원에 가서 정밀검사를 했는데 돌아온 결과는 앞으로 6개월을 넘기기 어려우니 마지막을 준비하는 게 좋겠다는 것이었다.

안타까운 것은 환자인 본인은 반드시 치료받고 낫겠다는 의지를 꺾지 않았다. 그의 부인까지도 자기 같으면 치료를 거부하겠다고 하는데 본인은 나을 수 있다는 것이다. 삶에 대한 애착이 아니겠는가. 이럴 때 주변에 있는 우리는 어떻게 처신해야 하는가. 우리는 하나님의 전능하심을 믿는다. 하나님의 섭리를 거역할 수는 없지만 하나님의 비상섭리는 사람의 이성으로 이해하지 못하는 부분도 때로는 나타낸다고 믿는다. 이른바 기적이다. 목사는 다 포기해도 기도를 포기할 수는 없다. 사람의 경험이나 의사의 판단에도 불구하고 기도해야 한다. 그럼에도 노 집사의 병세는 깊어져 갔다. 살이 빠지고 음식을 제대로 먹지 못하고 거기에다가 화장실에 가다 넘어져서 허리까지 다쳤다. 그래도 목사는 포기하지 말아야 한다. 안타깝지만 그의 영혼을 위해서 기도해야 한다.

그런데 최근에 새벽마다 이름을 밝히지 않은 분의 헌금이 강대상에 올려지기 시작했다. 새벽예배에 참석하지는 않지만 부인 집사가 남편을 위하여 밤마다 성전에 엎드려 기도하고 가는 모양이었다. 낮에 피곤하게 일하고 집으로 돌아가는 길에 교회에 들러서 예물을 드리며 기도하기를 여러 날 계속하는 것이었다. 아무도 없는 공간에서 남편인 노 집사를 위해 혼자 엎드려 기도하는 이 집사의 모습. 회복의 가능성은 거의 없지만 실낱같은 소망을 붙들고 눈물로 호소하고 있는가. 양들의 아픔을 끌어안아야 하는 목사인 나의 마음도 편치가 않았다.

어느 날, 그날도 마음이 아파서 내가 어떻게 해야 합니까 하고 하나님께 호소를 하는데 "너 잘하는 것 있지 않니?" 하는 음성이 들리는 것 같았다. 나는 내가 잘하는 것이 뭘까 생각해 봤지만 실로 내가 잘하는 게 없었다. 겨우 하나님 주시는 은혜로 목회는 하지만 늘 허둥대고 있는 것이다. 이튿날 기도원에 올라갔다. 금식을 하면서 노 집사를 살려달라고 부르짖었다.

여러분은 이 결과가 어떻게 되었으면 하는가. 노 집사의 간절한 기도와 부인 이 집사의 안타까운 기도, 모든 성도와 목사인 나의 기도가 상달되어 병을 털고 일어났다면 얼마나 좋았을까. 그러나 그렇지 않았다. 노 집사는 하나님이 준비해 놓은 하늘나라로 떠났다. 그렇다면 우리의 기도는 부질없는 것이었는가. 나는 그렇지 않다고 감히 말한다. 우리는 어떤 환경에서도 기도로 하나님과 교통하며 살아야 한다. 하나님은 우리의 기도를 들으셨을 것이다. 우리들의 안타까운 마음도 이해하셨을 것이다. 그러나 우리의 생각과 하나님의 섭리는 일치하기가 어려울 것이다. 그렇다. 우리는 우리의 뜻을 관철시키기 위해서 신앙생활과 기도를 하는 것이 아니라 하나님의 섭리를 믿고 이루어 드리기 위하여 믿는 게 아닐까. 그러므로 하나님을 신뢰하는 가운데 하나님께 맡기고 의지하는 게 올바른 신앙생활이다.

노 집사님은 하나님의 섭리를 따라 이 세상을 떠났다. 영원한 안식에 참여했을 것이다. 여기에 노 집사님의 부인인 이 집사님이 안타깝게 기도하는 모습을 보면서 아팠던 내 마음을 그려놓았다.

깊은 밤, 제단 앞에
홀로 엎드린 당신
담당 의사도
사람들의 경험으로도
가망이 없다고 판단하는데
하루 종일 일하고
파김치 된 몸 이끌고 와서
마지막 일과로

이 제단에 엎드린 당신

하늘로 이어진 외줄 붙잡고

왜 울고만 있는가

남편을 위한 당신의 그 처량한 모습

애절함이 보기 싫어서

나도 홀로 제단 앞에 무릎 꿇고

여기 엎드렸는데

할 말이 없어서

몸만 드리고 있습니다

치유의 은택은 당신에게만 있다는

그 확신 붙들고

목구멍으로 음식을 넘기지 않으며

나도 그 외줄을 놓지 못합니다

-중보기도

공동의회

2018년 7월 8일. 공동의회가 열렸다. 이 공동의회는 내가 정년 은퇴를 1년 반 정도 남겨두고 원로목사로 추대를 받느냐, 마느냐를 결정하는 회의였다. 공동의회는 당 교회의 세례교인이라면 누구나 회원권이 있는 교회의 최고 의결기관 회의다.

내가 소속되어 있는 교단의 헌법에 의하면 "동일한 교회에서 20년 이상 시무한 목사가 연로하여 노회에 시무 사면을 제출하려 할 때에 본 교회에서 명예적 관계를 보존하고자 하면 공동의회를 소집하고 생활비를 작정하여 원로목사로 투표하여 과반수로 결정한 후 노회에 청원하면 노회의 결정으로 원로목사의 명예직을 준다."고 명시되어 있다.(정치 제4장, 제4조, 제4항)

항상 이 원로목사 추대를 위한 공동의회에서 문제가 되는 것은 퇴임하는 원로목사의 생활비다. 한 교회에서 장기간 성심껏 목회를 감당한 목사에게 원로목사의 명예를 드리자는데 반대할 교인은 별로 없다. 그러나 원로목사의 생활비를 감당해야 하는 일은 교회의 재정적인 차원에서 찬반의 의견이 대립되기 쉽다. 나는 과반을 훨씬 넘기는 득표로 원로목사 추대를 노회로 청원할 수 있게 되었다. 감사한 일이었다.

그런데 그 외에도 내게 감사할 수밖에 없는 일이 또 하나 있었다. 나는 그 사실과 내용을 여기에 기록하여 남기고 내 생전에 기념하고 싶은 것이다. 그것은 공동의회를 여는 예배에서 성도를 대표하여 기도해 주신 전 권사님의 진솔하고 간절한 기도 내용이다. 나는 이 기도를 잊지 않음으로 내 나머지 생애의 신앙이 흐트러지지 않기를 원하는 것이다.

존귀와 영광과 찬양을 받으시기에 합당하신 아버지 하나님, 감사합니다.

저희들을 창세 전에 선택하여 주시사 아버지 하나님의

자녀로 삼아주시고 구별된 삶을 살게 하시며 오늘도 발걸음을 세상으로 향하지 않게 하시고 주님의 전으로 인도하여 주심을 감사드립니다.

아버지 하나님, 저희들 세상을 살면서 주님의 뜻 안에 살려고 애쓰고 힘썼지만 그렇게 살지 못하였고 오히려 세속에 물들어 강퍅하고 메마른 심령이 되었음을 회개합니다.

하나님 아버지, 주님께서는 에베소교회를 향하여 너희 행위와 수고와 인내한 것은 다 알고 있지만 너희가 처음 사랑을 버렸노라고 회개를 촉구하셨습니다. 에베소교회를 향하여 하신 말씀이 오늘날 저희들에게도 주신 말씀인 줄 압니다. 저희들도 처음 사랑이 회복되기를 원합니다. 주님께서 회개하라고 책망하심을 저희가 받아들일 때만이 뜨거운 마음으로 서로 사랑하고, 용서하고, 감싸주고, 품어주고, 덮어주고, 도와주는 사람이 되는 줄 압니다. 그러한 사랑을 저희에게 주시옵소서. 우리 주님은 이미 저희들에게 그 사랑을 주셨습니다. 우리를 위하여 모진 고통과 아픔을 참으시고 십자가에 못 박혀 피 흘리시기까지 무조건 사랑해 주시고 용서해 주셨습니다. 예수님을 구주로 믿기만 하면 구원을 주셨는데 그 사랑, 그 은혜 잊지 않게 도와주시고 항상 빚진 자 되어 그 은혜에 보답해 드리려고 애쓰고 힘쓰는 마음으로 살아가게 하옵소서.

하나님 아버지, 이 시간에는 담임목사님, 원로목사 추대를 위한 공동의회가 있습니다. 아버지 하나님, 우리 담임목사님은 충분한 자격이 있습니다. 1998년 1월 1일, 본 교회 담임목사님으로 부임하실 때 서광교회 성도들과 함께했으며 많은 금액을 가지고 오셔서 하나님께 바치셨습니다. 저희는 그 헌금으로 그동안 교회가 지고 있던 부채를 다 청산하고 전임 목사님의 퇴직금도 해결했습니다. 풍랑 이는 바다가 된 교회를 잔잔케 하였습니다. 모든 예배를 소중히 여기는 것은 당연하지만 특별히 외출해야 할 경우를 제외하고는 새벽제단도 빠뜨리지 않고 쌓으면서 저희에게 영적 양식을 공급해 주시는 데 게을리하지 않으셨습니다.

목사님은 또한 몹시 검소하시고 절약정신이 투철하셨습니다. 저희에게 종이 한 장도 아끼라며 이면지를 버리지 않고 사용하시며 헌금 봉투도 내용을 연필로 쓴 것은 손수 지우개로 지워 재사용하도록 했습니다. 교회의 중요한 행사가 있으면 먼저 기도원을 다녀오셨고 연중행사가 된 대심방을 시작할 때도 그랬습니다. 물론 그때마다 금식을 하며 기도하셨습니다. 성도의 가정 대소사에 각별히 참여하셔서 축복하셨고 특별히 초상을 당한 가정을 위해서는 원근각처를 불문하고 찾아가 장례로 위로를 주셨습니다. 면식이 없는 사람의 가정일지라도 부탁하면 거절치 않으셨습니다. 또한 자전거를 타시고 20년을 넘게 교회로 출퇴근을 하셨습니다. 맡은 책임을 다하시려고 무던히 애를 쓰셨습니다. 특별히 더욱 감사한 것은 교회 옆에 있던 모텔을 매입하여 훌륭한 문화교육관으로 사용할 수 있게 된 것입니다. 넓은 식당이 마련되어 전 교인이 식사하고 쉬는 공간이 마련되었고 주일학교 전 부서가 각기 예배 처소를 갖게 되었습니다. 목사님의 기도와 땀과 눈물로 수고하시며 인내하셨던 순간 순간들을 우리가 기억하게 하여 주시옵소서. 내 생각은 너희 생각과 다르다고 주님께서 말씀하셨사오니 오직 성령님께서만 인도하여 주시사 존경받으시는 목사님으로 오래 저희 가슴에 남게 하여 주옵소서.

그러나 하나님 아버지, 우리가 오랫동안 기도해온 "3,

3, 30의 비전"은 저희가 가장 심각하게 받아들이는 예민한 부분입니다. 저희들에게는 마음 아픈 지난 일들이 있습니다. 사람이 마음으로 계획할지라도 그 걸음을 인도하시는 이는 오직 여호와 하나님이심을 저희는 믿습니다. 선하신 하나님의 뜻이 이루어지는 개척이 되게 하옵소서.

그동안 저희들이 목사님을 위하여 기도하지 못한 죄가 말할 수 없이 큽니다. 또한 목사님의 사역에 잘 보필해드리지 못했음도 회개합니다. 아버지 하나님, 용서하여 주시옵소서.

이 시간 공동의회의 예배 순서에서 말씀을 전해주실 목사님께서 저희들에게 합당한 말씀으로 주셔서 은혜의 시간이 되게 하옵시고 또한 회의를 주관하시며 진행하실 목사님께도 지혜와 능력을 주시어 은혜롭게 하시며 하나님의 뜻인 좋은 결과가 나와 다 함께 기뻐하게 도와주시옵소서. 공동의회 시종을 주님께 의탁하오며 교회의 머리가 되시는 예수 그리스도 이름으로 간절히 기도드리옵나이다. 아멘!

"3, 3, 30의 비전"은 3년 안에 3억의 재정을 확보하여 최소 30가정을 분리 개척하자는 교회적 비전이었다. 그 근거는 20년 전에 두 교회를 연합한 일을 기념하는 일환이었던 것이다.

두 여인의 친절

내가 현직에서 정년 은퇴를 한 뒤 여러 사람이 내게 위로를 해 주었지만 그중에서도 두 분은 특별한 친절을 베풀어 주었다. 나는 이 친절을 은혜로 알기에 이 친절에 대하여 침묵할 수 없다.

그러나 이 이야기를 하기 위해서는 내가 섬겼던 교회에 대하여 덕이 되지 않는 이야기도 해야 한다는 사실 때문에 한편으로는 마음이 아프다. 상당한 고민의 시간이 지난 뒤 나는 교회를 위한 덕 때문에 내게 베풀어준 두 사람의 친절을 감추어서는 안 된다는 결론에 도달했다. 그만큼 나에 대한 두 분의 친절은 각별했다. 대신 내가 섬긴 교회 이름은 밝히지 않으려 한다.

나는 이 교회에 부임해서 22년 동안 목회를 했다. 그러므로 내가 전에 섬기던 교회에서의 사역을 합하면 32년이 된다. 내가 전에 섬기던 교회에서의 사역 기간도 합산하는 이유는 이 교회에 부임할 때 나 개인만 옮겨온 게 아니라 두 교회가 연합을 했고 물론 성도들과 재산도 합병을 하면서 나의 지난 당회장권도 연계하도록 했기 때문이다. 그동안 나의 목회생활은 행복했다. 부채도 있고, 성도의 신앙생활도 어지러웠던 교회가 안정을 찾았고 성도들은 나의 지도를 잘 따라주었다. 하나님 앞에서는 부끄러운 점도 물론 있었지만 나름대로 나는 근검절약하며 성도의 바른 신앙을 위하여 열심히 노력했다. 이 부분에 대해서는 거의 모든 성도가 인정을 해 주었다. 감사한 일이다.

그런데 그러한 목회자와 성도 간의 관계도 내가 은퇴를 앞두고 준비하는 과정에서 변질되는 현상이 일어났다. 나의 원로목사 추대에 따른 명예 보전에 대한 사항에서는 이견이 없었지만 퇴임 후 생활비 관계로는 이견이 나왔다. 어떤 이는 우리가 목사님을 사랑하지만 교회를 더 사랑하기 때문에 나의 원로목사 추대를 부결시켜야 한다고 주장했다. 결국 찬반 투표에서 나는 원로목사로 추대하자는 주장이 월등히 많은 결과가 나와 노회에 청원하여 노회 결정에 따라 원로목사의 명예를 가지고 은퇴를 했다.

이후가 문제였다. 이 사건을 두고 교회가 이럴 수는 없다며 소수의 무리이긴 했지만 일부 성도가 교회를 떠났다. 물론 신앙은 버리지 않고 다른 교회로 이동한 것이었지만 교회로서는 불미한 일이 되었다. 안타까웠다. 나는 이미 교회에서 은퇴한 사람으로 어떻게 할 도리가 없었다. 여러 사람이 내 처지를 안타까워했지만 그중에 특별히 내가 이름을 밝히지 않는 두 분은 내게 잊을 수 없는 관심을 주셨다. 3년여 기간 동안 그들은 4.19국립묘지를 지나 북한산 둘레길을 거쳐 솔밭공원에 이르는 내 산책길에 동행해 주시면서 마음의 상처를 싸매주시려 애를 쓰셨다. 나는 은퇴 후에도 다분히 평온한 마음이었지만 성도들은 그게 아니었다. 행여라도 마음이 상하는 일이 없도록 많은 배려를 해 주었다. 그 여러 사람의 배려와 관심을 받았지만 특별히 이 두 분의 사랑은 잊을 수가 없다.

두 여인

두 여인이 내 곁에 있었네
내가 외로울까 봐 같이 걸어주고
내가 힘들까 봐 얘기 나누어주는
산책길에서
공원 벤치에서
같이 걷기만 해도 정답고
같이 앉아 있기만 해도 즐거운
친절한 마음을 주었네
그들의 정성은 어느 꽃보다 화사했고
같이 먹고 마시는 음식과 차 맛의 향기로움은
내 가슴에 깊이 심겨졌네
아, 평안의 탐스러운 열매들이여

주여, 이 두 여인에게 기쁨을 주소서
내게 주시는 기쁨보다 배나 더 기쁘게 하소서
언제까지 이 길을 같이 걸을지 모르지만
내 마음에 새겨진
고마운 마음은 깊고 끝이 없으니
주여, 저들에게 넘치게 하소서

충만하게 하소서
그 마음에 풍성히 쌓아주시고
하늘의 위로와 이 땅의 만족으로
그들의 앞날을 인도하소서

사육되는 한 마리 짐승

나는 2019년 말에 현직에서 정년 퇴임을 했다. 그리고 내가 퇴임한 직후 2020년부터 역병 코로나19가 우리나라를 비롯하여 세계적으로 창궐했다. 이 역병의 확산을 막기 위하여 전 세계가 온갖 노력을 다했지만 인간의 과학과 의술을 비웃기라도 하듯 이 역병은 쉬 잡히지 않았다. 우리 정부도 지금까지 우리가 겪었던 다른 어떤 질병 관리와는 비교될 수 없는 강력한 수단을 강구했다. 정부가 국민에게 요구한 것 중 대표적인 사례는 가급적 외출을 금하고, 사람이 많이 모이는 곳의 출입은 인원을 제한하거나 아예 자제하라는 것이었다. 또한 외출시에는 반드시 마스크를 착용하도록 했고, 심지어 교회의 예배 시간에도 인원을 제한하도록 강제하면서 가급적이면 집에서 각자 예배드리는 것을 권장했다.

이런 갑작스런 생활 변화에 불편한 점이 하나둘이었겠는가. 시장에서 장사하는 사람들은 소득이 줄어든다고 아우성이고, 사회인들은 기존에 예약된 각종 모임이나 회집을 취소해야 하는 일이 벌어지므로 난감함을 표출하고, 명절에 고향의 부모형제를 찾아가는 일도 급감하고, 방송은 시도 때도 없이 확진자와 사망자 수를 발표했다. 이런 전파 매체의 활동은 사회의 불안 요소를 제공하면서 일부에서는 정부의 통제를 기꺼이 받아들여야 한다는 주장도 나왔지만 과도한 정부의 통제가 자유를 억압한다는 반발도 만만치 않았다. 특별히 주일예배를 생명처럼 여기는 교회가 회집에 제한을 받게 되자 정부의 부정적인 시책을 엮어서 반기를 드는 일도 생겼다. 나는 이미 퇴임을 했기에 사역에서 자유스러운 면은 있었지만 그렇다고 심적인 면까지 편안할 수는 없었다. 주일마다 광화문 광장에서는 뜻있는 분들의 집회가 부단히 열리고 이를 제어하려는 정부의 통제 수단은 서로 갈등을 빚을 수밖에 없었다. 나는 당시의 답답한 마음을 이렇게 표현했다.

보청기마저 없으면 소리를 듣지 못합니다
시력이 떨어져 작은 글씨는 읽기가 곤란합니다

그런 나에게
가급적 마스크 쓰고 집에만 붙어 있으라 합니다
나가서 새소리도 듣고
예쁜 꽃도 보고
맛있는 것이 뭘까
그걸 먹기 위하여 먼 데도 가고 싶습니다
마음에 맞는 사람을 만나 의논도 하고
광장에 나가 외치고도 싶습니다
그런데 역병이 무서우니
가급적이면 나가지도, 모이지도 말라고 합니다
순치되고 있는 걸까요
나는 어디 가고
이제 집에는
사육되는 한 마리 짐승만 남았습니다

—사육되는 한 마리 짐승

하도 시국이 답답해서 이렇게도 써 보았다.

저녁 9시가 되면 장사하면 안 돼요
이러다가 통행금지가 생기는 게 아닐까요

돈 나누어 줄 터이니 타다 쓰세요
이러다가 배급제가 되는 것 아닐까요

마스크 쓰세요
이러다가 말 잘못했다고 잡혀가는 건 아닐까요

모이지 마세요
이러다가 집회 자유도 없어지는 게 아닐까요

모여서 예배드리지 마세요
이러다가 예배당 문 닫으라 하지 않을까요

가급적 집에서 나오지 말고 먼 데는 가지 마세요
이러다가 통행증 받고 여행해야 하는 건 아닐까요

시키는 대로 하세요
코로나 역병 때문에
우리는 지금 서서히 길들여지고 있는 게 아닐까요

-이러다가

2021년 8월 15일. 친구와 약속하고 광화문 광장으로 나갔다. 많은 인파 때문에 바로 친구를 만나지 못하고 전화 몇 통화로 위치를 확인한 다음에야 만났다. 비가 내렸다. 많은 비는 아니고 부슬부슬 내렸지만 우산은 필요했다. 태극기와 성조기를 든 군중 속에 섞여 있다가 친구와 같이 식사를 하고 헤어져 돌아왔다. 그리고 열흘이 지났을까. 저녁 시간에 난데없는 전화가 걸려왔다. 구청 직원이라고 자신을 소개한 여자는 내 이름을 확인한 후에 "8월 15일에 광화문에 나갔다 왔지요?" 하고 물었다. 귀신 같았다. 내가 "그걸 어떻게 아세요?" 하고 물었더니 "우리나라가 IT강국 아닙니까." 하고 대답하는 게 아닌가. 남의 사생활 확인하려고 IT강국이 되었는가. 기가 막혀 하는 나에게 당장 보건소에 가서 코로나 확진 여부를 검진하라고 했다. 내가 광화문 다녀온 지가 열흘이 넘었고 아무 증상도 없으니 무슨 검사가 필요하냐고 묻자 그래도 무증상 감염이 있을 수 있으니 확인을 해야 한다고 강력히 주장했다. 나는 그녀와 길게 말하고 싶지 않아서 검사를 받더라도 일반 병원에 가서 하겠노라고 했더니 덧붙이는 말이 "일반 병원에서의 검사는 검사비가 많이 드는데요" 였다. 공짜로 하라는 의도였다. 이 사람들은 국고를 사용하면서 공짜라고 하는 버릇이 있다. 아무튼 내가 알아서 하겠노라며 전화를 끊었다. 그런데 조금 있으니 그 여자로부터 다시 전화가 걸려왔다. 한 가지 내용을 빠트렸는데 무슨 법 조항을 들면서 검사를 받지 않으면 강제로 검사할 수도 있고 벌과금을 물 수도 있다고 했다.

그런데 엉뚱한 데서 내가 입원을 하지 않으면 안될 사건이 발생했다. 내가 새벽마다 기도하러 나가는 집 근처의 한 교회로 보건소에서 연락이 왔다. 알고 보니 이 교회의 새벽기도회에 참석했던 한 성도가 코로나 바이러스에 감염이 되어 그 기도회에 참석한 모든 교인은 빠짐없이 검사를 받아야 한다는 것이었다. 새벽기도회 참석자 명단은 이미 보건소에 제출되어 있었다. 나는 몸에 이상 징후도 없는 터라 편안한 마음으로 검사를 받고 돌아왔다. 그런데 웬걸, 이튿날 검사 결과는 양성 반응이라는 것이었다. 어이가 없었지만 내가 취할 수 있는 어떤 방법이 없었다. 보건소에서는 전광석화처럼 나의 격리 입원을 처리했고 나는 죄수마냥 지시대로 따라야만 했다. 내가 사는 집에 소독을 하고 간단한 옷차림의 나를 구급차로 실어 갔다. 다행히 그런 와중에도 몸과 마음이 평안하여 특별히 해야 할 일도 없으니 잠시 쉬었다 오리라는 가벼운 마음으로 읽고 싶은 책과 두툼한 노트 한 권, 필기도구까지 챙겨 가지고 입원실로 들어갔다. 음압 시설이었다. 시설에 들어간 환자는 말이 필요 없었다. 시키는 대로 하면 되었다. 한 병실에 네 개의 병상이 있었는데 환자들하고도 별 할 말이 없었다. 우리는 모두 환자복으로 갈아 입어서 환자가 되었고, 재수 없어서 코로나에 걸렸다고 생각하는 사람들이었고, 기간만 채우면 나가게 된다는 확신을 가진 사람들이었다. 같은 처지라서 환자들끼리는 평안했고 환경은 자유스러웠다. 밖으로 전화도 할 수 있고 제때에 식사도 제공되고 목욕도 마음대로 할 수 있었다. 아침, 저녁으로 체온과 혈압과 혈당치를 조사해 갔고 처방해주는 약을 먹고 가래와 배변에 대해서는 간호사의 문진이 있었다. 불편한 점이라면 병실 밖으로는 절대 외출이 금지되고 면회도 불가한 것이다. 단 외부에서 보내주는 물건은 받을 수 있었다. 마땅히 할 일이 없으므로 대부분 낮잠으로 시간을 보냈다. 나는 가끔씩 창밖을 보면서 계절과 날씨를 체크하며 갇혀지내는 마음들을 노트에 기록하곤 했다. 그 기록물이 집에 돌아온 후 한 권의 시집으로 만들어질 수 있었다. 이름하여 "사육되는 한 마리 짐승"

격리 입원한 지 어느새 15일이 지났다. 지루한 감은 있었지만 아픈 데 없이 색다른 경험을 하고 나왔다. 무슨 장한 일이나 한 것처럼 구청장과 보건소장 이름으로 고생했다는 인사와 '격리해제확인서'를 받았다. 거기에다가 신기한 일을 만났다. 퇴원한 나에게 정부로부터 기십만 원의 돈이 나왔다. 고생한 대가인지 뭔지 몰라도 태어난 이후 처음 있는 일이다. 입원했던 환자가 치료비나 입원비를 납입하는 것은 고사하고 오히려 돈을 받다니. 그런데 말이다. 그게 공짜인 줄 알았더니 그게 아니었다. 조카아이가 퇴원한 나를 보더니 그동안 얼굴이 수척해졌다며 음식점으로 데려갔다. 깜냥에 대접한다는 의미였는데, 글쎄 거기까지는 좋았는데 그만 식사 중에 앞니가 깨지는 게 아닌가. 딱딱한 뼈를 씹은 모양이었다. 앞니 고치는 데 정부에서 받은 돈이 다 나가고 말았다. 문득 선친께서 생전에 하신 말씀이 생각났다. "돈이란 게 쓸 데 봐서 생기는 것이다." 그렇다면 내 앞니 치료할 일 생기기 전에 필요한 돈을 정부에서 주었나? 내 사전에는 애초부터 공짜는 없으렷다.

똥 공장

세상에 똥 만드는 공장도 있는가? 있다. 만약에 어떤 사람이 사회에 기여하는 일이 전혀 없다든지 하는 일이 없어 빈둥대는 사람이라면 그가 바로 똥 공장이다.

그는 생산적인 일이나 다른 사람에게 유익이 되는 일을 하지 않는다. 심지어 자기 가족에게까지 피해나 괴로움만 줄 뿐 책임감이 없다. 그럼에도 몸에 붙어 있는 감각기관은 다 사용한다. 눈이 있으니 사물을 보고, 뚫렸으니 콧구멍으로 숨을 쉬고 냄새를 맡는다. 귀가 열렸으니 못된 소리 잘 듣고, 터진 입으로 불평도 하고, 원망도 하고, 비난도 하고, 욕설도 하고, 실없는 소리도 한다. 건강해서 활동도 잘한다. 발이 있으니 갈 데, 안 갈 데 가리지 않고 간다. 손이 있으니 오히려 하지 않아도 될 일에 열중한다. 그러나 무엇보다 그가 하는 가장 중요한 일은 먹는 것과 잠자는 것과 배설하는 일이다. 결국 몸으로 똥 만들어내는 일만 열심히 하는 것이다.

우리가 어렸을 적에는 농촌에서 사람의 대소변을 유용하게 사용했다. 지금 들으면 지저분한 얘기요, 비위생적인 얘기가 되지만 당시엔 똥구덩이나 오줌통을 만들어 거기에 모아 두었다가 밭작물에 거름으로 사용했다. 과수원을 하는 사람은 그 인분을 사다가 사용하기도 했다. 위생이나 건강에 대하여는 생각할 겨를이 없었다. 겨울을 난 보리밭에 뿌려 주기도 했다. 그때는 개똥도 거름으로 썼다. 나이 드신 어른들이 새벽에 일찍 일어나 논두렁길을 다니며 행여나 개똥이 발견되면 망태기에 담아다가 거름으로 썼다. 두엄을 만들 때 짚이나 풀 등에 뒤섞어 두었다가 지력을 높이기 위하여 논밭에 뿌렸다. 비료가 거의 없던 시절에 농작물의 생산을 높이려는 안간힘이었다. 그러나 지금의 배설물은 쓸 데가 없다. 처치가 곤란하다. 돈 주고 버려야 한다.

이런 세상에서 먹고 배설만 하는 것이 일과인 사람의 삶의 의미는 무엇일까? 그들 중에는 똥 공장 된 자기 몸을 위하여 운동을 열심히 하는 사람이 있다. 운동 경기에 나가서 메달을 따겠다는 당찬 목표가 있는 것도 아니다. 경제적으로 여유 있는 어떤 사람은 하루 종일 사우나탕에 몸을 담그고 살기도 한다. 오로지 똥 공장을 원활하게 돌리기 위해서이다. 그런 건강이라면 오히려 부끄럽지 않은가. 몸이 부실한 장애인들도 그 몸으로 사회에 공헌하고 자기 발전을 위해서 노력하는 사람이 얼마나 많은가.

오로지 육신의 건강만을 자랑하며 그 건강만을 위하여 사는 사람, 이웃이나 가정에 어떤 도움도 주지 못하고, 세상에 존재하는 그 많은 사람 중에 나도 하나라고 수효나 채우는 사람. 그는 날마다 빼놓지 않고 준수한 제품을 생산한다. 구린내는 그 생산품에서만 나는 게 아니라 그가 말하는 입에서도 나고, 여기저기 끼어들어 훼방이나 놓는 행동에서도 난다.

*『한국작가』 2023년 여름.

불편한 동거同居

쾌적한 공간에서 마음 맞는 사람들이 함께한다는 것은 얼마나 행복한 일인가. 아침 일찍 일어나 정원에서 들려오는 새들의 노래를 들어도 좋고 차를 마시며 클래식을 들어도 좋을 것이다. 그러나 나는 여름만 되면 불편한 동거 때문에 고통스럽다. 낮 동안의 더위도 힘들지만 밤에 찾아오는 이른바 열대야가 더욱 고통스럽다. 그 후덥지근한 기온에 잠이 쉽게 들 리가 없다. 거기에다 모기의 극성이 아예 밤잠을 설치게 한다. 모기는 낮 동안에는 어디에 숨어 있다가 나오는지, 그 음험하고 야비한 행동이 지독하게 얄밉고 사악하다.

막 잠이 들려하는 데 허벅지 부분이 따끔하다. 반사적으로 손바닥으로 내리친다. 그러나 모기가 그 자리에서 내 손바닥에 맞아 죽어줄 리 없다. 날쌔다. 도대체 이 녀석들은 언제 어디로 침투하는지 모르겠다. 문도 단단히 잠가두었고 모기약도 뿌려두었다. 그럼에도 내 행동을 비웃기라도 하듯 기습공격을 한다. 모르면 몰라도 6.25전쟁 당시 인민군들이 모기들한테서 배워 써먹었을 것 같다. 참 비열하고 얄밉다.

불을 켜고 보면 피 빨아간 자리가 붉게 표시가 나고 가렵다. 도대체 피나 빨아갔으면 됐지 왜 가려워서 잠까지 들지 못하게 하는가. 염치가 없는 것들이다. 모기에게서 염치를 찾는 나도 딱하기는 마찬가지지만 세상 이치란 게 그렇다. 가져간 것이 있으면 고마운 줄을 알고 뭔가 도움을 주어야 한다. 꿀벌은 꽃에서 꿀을 따가면서 식물의 암수 수정을 해주고 있지 않은가. 이것이 상부상조며 공생이다. 자연계는 대부분 자기도 모르게 이런 상생 관계를 유지하고 있다. 그런데 모기란 녀석은 자기만 살면 되고 남은 죽어도 괜찮고 아파도 좋다. 이런 것들하고 좁은 공간에서 동거한다니, 불행이다.

미물은 그렇다 치고 이성과 지성을 자랑하는 사람들에게도 이런 현상이 발견될 때면 가슴이 먹먹하다. 양심이 조금이라도 있고 은혜를 조금이라도 안다면 내 것이라고 여기는 그 무엇을 나누며 살아야 한다. 그래서 같은 하늘을 이고, 같은 공기로 호흡하며 같은 태양의 쪼임을 받으며 살아가는 우리가 불편한 동거가 되지 않도록 하는 것이 도리가 아니겠는가. 그게 사람이다. 다른 사람의 것을 빼앗아 가고도 뉘우침 없이 도리어 당당하여 그 사람을 고통스럽게까지 만드는 것은 사람의 할 짓이 아니다.

제4부

단번에 못 나간다

무릎

우리의 몸을 이루는 모든 기관이 모두 소중하다는 것을 모르는 사람은 없지만 그 소중함을 뼈저리게 느낄 때는 그 기관이 상처를 입었거나 고장이 나서 제 구실을 하지 못할 때일 것이다. 무릎. 나는 그동안 무릎이 이렇게 귀중한 곳인 줄을 모르고 살아왔다. 비염도 앓아보고, 눈이 침침해져서 돋보기 신세를 지고, 청력이 약하여 보청기를 끼고, 이가 아려서 임플란트를 했지만 무릎 때문에 고생한 일은 없어서 무릎이 귀한 줄은 잘 모르고 산 것이다. 지금까지 살아오면서 무릎과 관계되어 생각나는 것은 어렸을 적에 달리다가 넘어져 무릎에서 피를 흘린 기억과 어른들에게 큰절을 할 때 무릎을 꿇어야 하는 것과 소년기에 장난을 치다 선생님에게 걸려 복도에서 무릎을 꿇고 벌을 섰던 기억밖에 없다. 걷는 데 지장이 없으니 무릎에 큰 관심 없이 살았다. 절름거리는 사람이나 지팡이를 의지하고 걸어가는 노인들을 보면 좀 불편하겠다는 생각은 들어도 나하고는 상관이 없는 일로 여겼다.

그런데 드디어 무릎의 중요성을 알게 된 계기가 생겼다. 현직에서 은퇴를 하고 난 후, 나는 많이 걷기로 결심했다. 건강을 지키려면 걸어야 한다는 주변 사람들의 권유 때문이었다. 그들은 흔한 말로 "누우면 병들고 건강하려면 걸어야 한다."는 말을 스스럼없이 했다. 내가 생각해도 그랬다. 지금까지 부지런히 활동하다가 갑자기 집 안에 갇혀 게으름을 피운다면 사람 꼴이 아닐 것 같았다. 그래서 걷기를 시작했다. 건강을 위해서만이 아니라 내 건전한 생활 패턴을 위해 걷기를 습관화하기로 했다. 내가 사는 곳에는 북한산 둘레길도 있고 평지에 솔밭공원도 있어서 걷기 운동에는 안성맞춤이기도 했다. 나는 그 길을 매일 걸었다. 비 오는 날에는 우산을 쓰고 걸었고 눈 내리는 날에는 내 정서가 환영을 해서 기쁘게 걸었다. 하루에 대략 만 보씩을 3년 동안 걸었다. 내가 병들어 누우면 내 가정이 어떻게 되겠는가. 책임감을 가지고 걸었더니 마음이 뿌듯하기도 했다. 육신이 가벼운 느낌이 들기도 해서 이제 길이 들었나 보다고 자신감까지 들었다.

4년째 되던 늦은 봄, 무슨 바람이 불었는지 나는 고향에 사는 누이동생 집으로 쉬러 갔다. 넉넉히 두 주 동안을 빈둥빈둥 놀기로 계획하고 갔는데 거기에도 공원이 있었다. 나는 거기서도 걷기 운동을 매일 했다. 거기서는 한 술 더 떠서 하루에 13,000보 이상을 걸었다. 휴가를 마치고 집으로 돌아오는 날, 아무렇지 않던 왼쪽 무릎이 이상했다. 걷기가 점점 불편해지고 특히 계단을 오르내릴 때는 통증까지 느껴졌다. 심상치 않아서 이튿날 정형외과를 찾아갔더니 x-ray를 찍어본 의사 선생님 말씀이 수술할 단계는 아니지만 너무 무리해서 연골이 많이 닳았다는 게 아닌가. 무릎에는 관절이 두 개가 있는데 관절마다 사이에 연골이 있어서 뼈와 뼈가 직접 부딪치지 않도록 완충작용 역할을 한다는 것이다. 그러니 연골이 닳으면 뼈와 뼈가 직접 부딪치기 때문에 아플 수밖에 없다는 것이었다.

결국 원인은 무리였다. 아무리 좋은 것도 무리하면 화가 찾아온다고 강단에서 그렇게 많이 가르친 내가 정작 자기 관리는 못 한 것이다. 무릎의 염증을 빼내고 주사를 일주일에 한 번씩 3회에 걸쳐 맞았다. 그리고 계속해서 소염진통제 약을 복용하고 있다. 그럼에도 아직 별 효험이 없다. 건강을 유지하기 위해 노력한 결과가 이렇게 허망할 수가 없다. 자유자재로 움직이던 몸을 방안에 많은 시간 가두고 살자니 답답하기 짝이 없다. 오늘도 중요한 회합이 있는데 가질 못했다. 무릎 한 군데가 제 구실을 못 한다고 삶의 질이 이렇게 망그러질까. 좋아하는 글 읽기도, 글 쓰기도 싫어진다. 무슨 일을 하든지 신명이 나야 하는 법인데 도무지 신명이 나지 않는 것이다. 피곤하다는 느낌에 짓눌려 자리에 자주 눕고만 싶어진다. 누굴 원망하랴. 언젠가는 낫겠지 하는 소망은 버리지 않고 있지만 나는 지금 아파봐야 건강의 중요성을 안다는 평범한 상식과 과유불급過猶不及이라는 말만 되새기며 보내고 있다.

법 없어도 살 사람

"법 없어도 살 사람"이란 말이 있다. 선량한 사람을 가리켰다. 남의 것에 욕심을 내지 않고, 남을 해롭게 하지 않고, 수걱수걱 자기 본분만 다하는 착한 사람을 가리켰다. 그에게는 법의 제약사항이 필요 없었다. 어길 이유가 없기 때문이었다. 지금도 이런 소리를 듣는 사람이 소수지만 있다. 그러나 예전의 "법 없어도 살 사람"하고는 차원이 다를 것 같다. 요즘엔 오히려 "법 없어도 살 사람"이라 하면 어리석은 사람을 지칭하는 게 아닐까.

세상에 법이 없을 수는 없다. 마음속에 새겨진 양심의 법은 차치하고라도 인류가 생겨나면서부터 법은 있었다. 전혀 죄가 없었던 에덴동산에도 "동산 각종 나무의 열매는 네가 임의로 먹되 선악을 알게 하는 나무의 열매는 먹지 말라. 네가 먹는 날에는 반드시 죽으리라."는 유일한 법이 있었고(창 2:16-17) 우리 고전 역사의 고조선에도 '8조금법'이 있었다. 지금은 법이 셀 수 없이 많다. 사람이 사는 곳에 법이 있고 법이 많다는 것은 그만큼 사회가 어지럽다는 뜻이다. 이 세상이 얼마만큼 사악해져 가고 있는가. 법을 피하여 교묘하게 죄를 짓고자 하는 사람이 늘어나기 때문에 법은 이 순간에도 더 만들어지고 있다.

이제는 "법 없어도 살 사람"이 아니라 "법이 있으나 마나 한 사람"이 늘어나는 것 같다. 보호받기 위하여 법이 필요한 사람은 사회적 약자이고 법의 맹점을 찾아 법을 농락하며 약자에게 허탈감만 주는 사람은 강자인가. 법을 지키지 않으면서 오히려 큰소리치는 사람, 범법을 하면서 얼굴색 하나 변하지 않는 사람은 속된 표현으로 양심에 털이 난 사람일 게다. "법 아래 사람 없고 법 위에 사람 없다"는 말에 답답함을 느끼는 사람은 이 세상에 비단 나뿐일까. 같은 범죄라도 형량이 늘기도 하고 줄기도 하는 고무줄법이나 만만한 나비나 잠자리는 걸려들어도 참새나 까마귀는 씽씽 뚫고 나가는 거미줄법을 보면서 한심한 마음으로 잠을 못

이루는 사람이 고작 몇 사람뿐일까. 법 없어도 살 사람은 법이 아무리 많아도 두려움 느끼지 않고 아무렇지 않게 사는 사람이다. 그러고 생각하니 나도 법 없어도 살 사람은 아니다.

단번에 못 나간다

코로나 바이러스가 기승을 부릴 때의 이야기다. 다 준비한 줄 알고 밖으로 나와 막 엘리베이터를 타려는데 아뿔싸, 빼놓은 게 생각났다. 마스크를 안 썼다. 당시는 마스크를 안 쓰면 나는 편한데 남들의 눈총을 받아야 할 때다. 다시 집으로 들어갔다가 나오니 앞집 아주머니가 내가 나올 때까지 기다리고 계셨다. 내가 미안해서 "마스크를 깜박했어요." 하고 말씀드렸더니 아주머니께서 넉넉하게 웃으시면서 하시는 말씀. "단번에 못 나가요!" 많은 경험이 있다는 말투다.

정말 그렇다. 그렇게 준비를 다 했는데도 나와 보면 꼭 한 가지라도 빼놓은 게 있다. 안경, 손수건, 보청기, 휴대폰, 지하철 승차권, 열쇠, 필기도구, 그리고 요즈음엔 마스크까지. 그것들이 밖으로 나와 보면 챙기지 못한 것이 생각나서 다시 들어갔다 나오게 한다. 정말 단번에 나가지 못하게 한다. 왜 이렇게 깜박깜박하는가. 이건 틀림없이 늙어가는 징조다. 아니, 이미 늙었다는 징조다.

아마 집과 세상을 두고 아주 먼 길을 떠날 때는 그런 걱정 안 해도 될 것이다. 그때에도 놓고 가기가 아쉬운 것이 있을까. 그때의 마음을 지금 나는 모르겠다. 그러나 아쉬워도 그때는 소용없는 일, 나는 최근에 그 훈련을 조금 했다. 40여 년을 일하다 정년 퇴임을 하는데 그동안 모아진 책이 적잖았다. 집에 가지고 가보아야 둘 데도 없고 또 언제 다시 그 책들을 읽어볼 시간도 없을 것 같았다. 다 버리고 은퇴와 함께 단번에 나와 버렸다.

내 소유라고 여겼던 모든 것을 다 놓고 떠나야 하는 판국에는 정말 단번에 나갈 수 있을 것 같기도 하다. 하긴 그때도 정신머리 하나는 챙기지 못할지 모르겠다.

사랑하는 내 아들아!
(너의 평안과 행복이 곧 나의 평안과 행복)

세상에 정상적인 부모라면 자식이 태어나서 자라는 것을 기뻐하지 않을 사람이 어디 있겠느냐. 나 역시 그 범주에서 벗어날 수 없는 천상 네 아버지다. 누가 너를 두고 꼭 나를 닮았다 하면 기뻤고, 네가 칭찬을 받으면 내가 받은 것보다 좋았고, 나보다 훨씬 잘생겼다 하면 그렇게 좋을 수가 없었다.

그러면서도 내 마음 한 구석에는 지금도 미안한 마음이 도사리고 있다. 네가 어렸을 적엔 왜 우리는 그렇게 형편이 어려웠는지 모르겠다. 네가 가지고 싶어 하고, 하고 싶어 하는 일을 대부분 들어줄 수가 없었다. 당시 너는 묵묵히 참아 주었지만 어린 마음에 얼마나 주눅이 들고 좌절감이 컸겠느냐. 내가 개척교회 하느라고 그랬다는 이유를 내세울 수도 있겠지만 그것도 구차한 변명에 불과하다고 본다. 솔직히 말하면 당시 나는 한 가정의 가장으로서 가정을 잘 돌보지 못했다고 해야 맞다. 모든 것을 하나님께 맡긴다는 생각, 그것도 지나고 나서 생각하니 핑계일 수밖에 없다. 그럼에도 네가 이렇게 장성해 줘서 고맙다. 그렇잖아도 언젠가 너와 진지한 대화를 나누려 했지만 기회를 얻지 못하여 차일피일 미루고만 있었는데 때마침 전통이 있는 목회 월간지 「목회」에서 "아들에게 보내는 진솔한 편지"를 써 달라는 청탁이 와서 이렇게 공개적으로 말할 수 있게 되었다. 얼마나 다행인지 모르겠다.

네가 내 자식으로 태어나서 그동안 나를 기쁘게 해 준 일이 어디 하나 둘이겠느냐만 그중에서 가장 기쁨과 보람을 준 일은 아무래도 네 결혼식이 아니었던가 싶다. 네가 여러 가지 이유를 들어 결혼을 기피하다가 결국 허락을 하고 결혼식을 거행하는 날, 네 어머니와 나는 그렇게 기쁠 수가 없었다. 그 기쁨을 어떻게 말로 다 표현할 수 있겠느냐. 네 어머니는 그동안 네게 못해 준 것을 한꺼번에 보상이라도 해줘야 한다는 심산이었던지 수선을 떨었지만 나는 결혼식 순서에 들어 있는 가족대표 인사 시간에 나서서 부족한 이 한 편의 시를 낭송하는 것으로 끝냈다.

같이 바라보자고 약속하여라
저 바다 끝의 항구

같이 걷자고 약속하여라
저 새들이 노래하는 오솔길

같이 생각하자고 약속하여라
저 하늘의 별, 그 존재 의미

둘이 하나 되어 걸으면
바람 부는 광야도 복사꽃 화사한 아침

둘이 하나 되어 저어가면
풍랑 이는 바다도 거울 같은 호수

둘이 하나 되어 생각하면
헝클어진 세상도 평화의 나라

서로 의지하며 걸어라

저 영원한 나라까지
천천히, 그러나 부지런히
어깨동무하고 걸어라

시선을 같이 하면
아롱거리던 꿈이 손에 잡히고
마음 포개면
살며시 안겨오는 행복

네 아늑한 보금자리에 절대자 계시니
찬양하여라
일어나면서, 새 날 주심을
주님의 평강 오롯이 고이리니
올리어라
감사의 기도를
두 손 마주잡고 자리에 들기 전에

—결혼하는 아들에게

나는 평소 네가 결혼을 하면 네 가정과 적당한 간격을 두고 살겠다는 생각을 했었다. 물론 지금도 그 생각엔 변함이 없다. 부모로서 어찌 자식을 가까이 두고 싶지 않겠으며 자식으로서 어찌 부모에 대한 특별한 관심이 없겠느냐만 내가 말하는 간격은 애정 개념을 말하는 것이 아니다. 피차의 삶에 혹여나 정신적 어려움이 되지 않도록 하자는 의미이다. 성경은 결혼이란 개념을 "남자가 부모를 떠나 그의 아내와 합하여 둘이 한 몸을 이루는 것"이라고 했지 않느냐.(창 2:24) 먼저 너희끼리 오순도순하여 행복을 느낀다면 내가 더 무얼 바라겠느냐.

문제는 그 행복이란 무엇이며 어떤 상태나 상황을 말하는 것이냐 하는 것이다. 잘 알아서 살아가겠지 하다가도 이 부분에 오면 노파심이 생긴다. 나는 네 아버지로서, 또는 인생을 조금 더 산 선배로서 몇 가지를 당부하고 싶구나. 충고라 여겨도 된다.

첫째는 진리 안에서 살아야 한다. 진리를 벗어난 삶은 아무리 겉으로 화려해도 결국 고통을 가져다 줄 죄악이다. 그래서 요한 사도는 "내가 내 자녀들이 진리 안에서 행한다 함을 듣는 것보다 더 기쁜 일이 없다"고 술회한 바 있다.(요한 3서 4) 그렇다. 사람이 근본을 모르면 어떻게 사람답다고 할 수 있겠느냐. 공경할 자를 공경할 줄 모르며 진리 앞에 무릎을 꿇을 줄 모르는 삶이라면 인격을 갖추었다 할 수 없다. 진리는 영원한 것이다. 진리 따라 사는 것이 영원을 예비하는 길이다. 유념하기 바란다.

둘째는 평범한 사람으로 살아야 한다. 요즈음에 보면 특별한 사람이 되고자 애쓰다 망신당하는 사람이 더러 있더구나. 특별한 사람이 되고자 할 때 욕심이 생기는 것이고 그 욕심을 이루려고 조급해지다 보니 수단과 방법을 가리지 않게 된다. 그게 위험으로 빠져드는 코스다. 평범한 사람들이 살아가는 방법, 즉 가정을 소중히 여기고 자녀를 예절 바르게 양육하고 열심히 일한 만큼의 대가로 만족하며 사는 삶을 실천해야 한다. 그러면 이 사회에서 그 누구로부터도 손가락질당할 염려는 없다. 그런 게 참다운 행복이다. 특별히 기억하여라. 우리에게서 평화를 빼앗아 가는 것이 있으니 우상이다. 오늘날에는 물질과 명예와 권력이 맹위를 떨치고 있다. 그것들을 붙들지 못하면 실패한 것으로 여겨져 스스로 주눅이 드는 경우도 있다. 그러나 아니다. 그런 것들이 불필요한 것은 아니로되 그것들을 좇아가다가 본연의 자세를 잊어버리지 않도록 조심해야 한다. 아브라함의 조카 롯은 물질을 좇아갔다가 패가망신을 당하지 않았더냐. 그러나 아브라함은 평상시에 섬기던 대로 하나님께 제단 쌓는 일을 소홀히 하지 않았다. 복을 좇아가서 얻으려 한 것이 아니라 그것이 나를 따라오도록 만든 예가 아니겠느냐. 우리가 내 평범한 삶에 감사와 만족을 할 수 있다면 복은 내가 나가도 따라오고 들어와도 따라올 것이다.(신 28:6)

셋째는 당당해야 한다. 교만해서는 안 되지만 비굴하게 살 필요는 없다. 그게 당당함이다. 당당하려면 다음 세 가지를 유념해야 한다. 하나는 진실해야 한다. 거짓을 가지고 살면서 당당할 수는 없다. 숨기고 살면 불안하고 언젠가 드러나면 망신을 당한다. 그것을 회복하려면 얼마나 노력하고 시간을 보내야 하는지, 너도 알지 않느냐. 언제, 어디서나, 누구에게나 진실하려고 노력해야 하고 거짓을 행했을 때는 즉시 반성과 회개가 따라야 한다. 그래야 떳떳한 삶을 살 수 있다.

당당하기 위한 두 번째 요소는 실력을 갖추는 일이다. 적어도 자신이 맡아서 하는 일에 대해서는 전문가가 돼야 한다. 자기가 하는 일에 자신이 없을 때 얼마나 불안하겠느냐. 그 실력이 너를 붙들어 줄 것이고 존경과 인정을 받으며 일하게 해 줄 것이다. 물론 그것이 네 가정의 경제를 담당하게 해 줄 것이며 너를 풍요롭게 못할 수는 있어도 행복을 빼앗아 가지는 않을 것이다.

당당하게 살기 위한 세 번째 요소는 언제나 든든한 후원자를 두어야 한다. 네 아내는 누가 뭐래도 첫 번째 후원자다. 네 자녀들도 틀림없는 후원자다. 좋은 친구도 후원자가 될 수 있고 주변의 사람도 될 수 있다. 그러나 그들을 후원자로 두려면 신실한 관계를 유지해야 하고 조심해야 할 사람도 있다. 세상은 혼자 사는 곳이 아니지 않느냐. 서로 돕고 도움을 받으며 사는 곳이다. 나만 잘살면 된다는 이기주의로는 결코 승리의 삶을 일구어낼 수가 없다. 그러나 누구보다 든든한 후원자는 네가 믿는 하나님이시다. 네가 외로울 때도, 슬프고 괴로울 때도 변함없이 네 곁에서 손을 내미실 것이다. 너는 언제나 그 앞에서 신실함을 보여드려라. 그 하나님께서 언제나 네게 말씀하실 것이다. "두려워 말라. 내가 너와 함께함이라. 놀라지 말라. 나는 네 하나님이 됨이라. 내가 너를 굳세게 하리라. 참으로 너를 도와주리라. 참으로 나의 의로운 오른손으로 너를 붙들리라"

고.(사 41:10)

편지를 마치면서 한 가지만 더 덧붙인다. 일생 건강에 유의하고 시간을 아껴라. 시간은 빨리 지나가고 육신은 쇠약해져 간다. 열심히 주어진 일에 최선을 다하는 것이 시간을 아끼는 것이고 아직 젊다고 몸을 함부로 다루지 않는 것이 건강을 위한 기본이다. 심은 대로 거두는 것이 불변의 법칙이다. 내가 오늘 어떻게 사느냐가 훗날을 결정한다. 지난 언젠가, 너와 나는 약속한 일이 있다. 내가 "나는 앞으로 네 얼굴에 부끄러움을 끼치는 아버지가 되지 않겠다"고 했을 때, 너는 "저도 아버지 얼굴에 부끄러움을 끼치지 않겠습니다." 하고 대답했었다. 기억하고 있지? 그리고 우리의 이 대화는 우리의 생애 동안 유효한 거지? 고맙다, 사랑하는 내 아들아! 네 평안과 행복이 곧 나의 평안이고 행복이다. 우리의 유한한 인생이 하나님 앞에 설 때에 부끄럽지 않아야 하기 때문에 같이 조심하고 삼가면서 살 필요가 있다. 노력하자, 아들아! 파이팅!

2017년 2월 아버지 씀

*『월간 목회』 2017년 3월.

모천회귀母川回歸

"아버지, 김제金堤에 한 번 다녀오실까요?"

세상을 떠나시기 전, 아직 정신이 온전하시고 그런대로 건강도 유지하고 계실 때 가형이 아버지께 물었단다. 그랬더니 "싫다." 하고 일언지하에 거절하셨다는 말을 들었는데 나는 지금 아버지께서 그렇게 가기를 싫어하셨던 그곳을 향하여 가고 있다.

이슬비가 내렸다. 지난밤엔 여행을 포기해야 할 것 같다고 생각할 만큼 굵은 비가 내렸는데 아침이 되니 우선하면서 우리의 출발을 허락해 주는 것이었다. 실로 얼마만인가. 60이 넘어서 이제야 내가 태어났다고 말로만 들었던 출생지를 찾아나선 것이다. 그곳이 어떻게 생겼을까, 그동안 늘 궁금하였다. 사실 내가 그곳에서 태어났다고는 하지만 세 살 되던 해에 어머니 등에 업혀 떠나왔다고 하니 출생지라고 해도 내 개인적인 추억 같은 게 있을 리 없다. 그럼에도 왜 그런지 가끔씩 그곳이 궁금했다. 그러면서도 생활에 묻혀 딱히 시간을 내지 못하고 차일피일 미룬 것이 60년이나 흐른 것이다.

그런데 최근 들어 더 이상 미뤄서는 안 될 것 같은 조급한 마음이 들었다. 부모님 떠나신 지도 10년이 넘었고 내 생애도 언제 마칠지 모르는 불확실한 상황에 이르니 부모님에 대한 그리움이 더욱 사무치게 겹치면서 나로 하여금 다그치게 만들었다. 내 손으로 기록을 남길 수 있는 여력이 조금이라도 남아 있을 때 가 봐야 하겠다는 생각이 든 것이다. 다행히 신앙생활을 같이 하는 한韓 집사님이 그 지역 출신이라서 그곳 지리를 좀 알 뿐 아니라 도움을 주시겠다고 해서 동행하기로 했다. 떠나기 전에 한 집사님이 말했다. “많이 변했을 겁니다.” 당연한 말이다. 60년의 세월이 그곳이라고 내버려 두었겠는가. 그러나 한 집사님은 어떻게 변했는가를 짐작하겠지만 나는 알 수 없는 일이다. 변하기 전의 사정을 전혀 모르는 내가 어떻게 변했는지, 그

내용을 알겠는가. 그러나 어떻게 변했건 변하긴 했을 것이다. 세상이 지금 정신을 차릴 수 없을 만큼 빠르게 변하고 있지 않은가.

전라북도 김제군 성덕면 남포리 405번지. 이곳이 내가 태어난 곳이다. 지금은 호적제도가 없어졌지만 예전엔 중요한 서류를 갖추어야 할 때는 호적초본이 필수였다. 아마 내가 당시 국민학교를 마치고 중학교에 입학하기 위해서 준비한 호적초본에서 보았을 것이다. 거기에 내 출생지가 기록되어 있었다. 누가 가르쳐주지 않았지만 어렸을 적에 얻은 기억을 나는 지금껏 잊지 않고 살아온 것이다.

요즈음은 초행길이라도 주소만 정확히 알면 내비게이션이 안내해 주니까 길 찾기가 어렵지 않다. 승합차를 타고 전주를 거쳐 김제 땅으로 들어섰다. 이제는 김제도 군郡이 아니라 시市로 승격되었다. 우리나라에서 가장 넓은 평야지대, 그래서 일본 사람들이 일찍부터 눈독을 들이고 곡물을 수탈해 갔던 곳. 김제 만경 외에밋들 하면 알 만한 사람은 다 안다. 곡창지대인 여기 김제와 옥구에서 나는 곡물을 그들은 인근의 군산항을 통하여 실어갔던 것이다.

초록세상이다. 8월의 산야가 온통 초록이다. 예전엔 저 넓은 들에 일일이 손으로 꽂아 모를 심고 호미로 김을 맸다. 소를 앞세우고 쟁기질하여 논을 갈았고 낫질로 벤 벼를 지게 등짐으로 날랐다. 지독하게 고생들을 했었다. 그렇게 해서 얻은 수확을 일제시대에는 거의 일본으로 실어간 것이다. 이런 우리 아버지와 어머니의 눈물과 고생이 서려 있는 곳에 내가 온 것이다.

내 출생지, 내 아버지 어머니가 오셔서 젊음을 바쳤던 곳, 성덕면 남포리 소재지는 작은 마을이 형성되어 있었다. 들녘 안의 나지막한 산은 마치 바다 가운데 섬처럼 떠 있고 그 아래에 파출소도 있고 우체국도 있고 교회 건물도 있었다. 번지를 확인하기 위해서 우체국에 들어가 직원에게 자초지종을 이야기했더니 그리 멀지 않은 곳을 가르쳐 주었다. 그러면서 덧붙여 거기에 예전에 일본 사람이 살았다고 하는 일본식 집 한 채가 아직 남아 있다고 했다.

아! 우리 부모님이 사시던 곳, 번지가 예전대로 쓰이

고 있었다. 그런데 같은 번지 안에 여러 집들이 있어서 정확히 우리 아버지께서 사시던 집은 찾을 수 없었다. 새로 개량하여 바뀐 집도 있는가 하면 아직도 옛날의 모습을 거의 그대로 유지한 집도 섞여 있었다. 지붕만 개량한, 곧 무너져 내릴 듯한 허름한 집들, 아마 저런 집들 중의 하나가 내가 태어난 집이요, 우리 부모님이 생존을 위하여 몸부림쳤던 곳이었으리라. 그리고 맨 가장자리에 곧 무너져 내릴 것 같은 일본식 집이 있었다. 벽을 널빤지로 댄 전통적 일본인들의 집이었다. 지금은 집주인이 외지로 나가서 비워두고 있다는데 그렇다면 이 집이 일본인 농장주였던 그 '다가시'라는 사람이 살았던 집인가.

1. 왜 그곳에 가기를 싫어하셨을까

아버지는 어머니와 함께 '다가시'라는 일본 사람이 경영하는 농장으로 일하러 들어가셨다. 일제시대지만 강제로 끌려간 것이 아니라 먹고살기 위해서 자원하여 들어간 것이다. 어떤 경로를 거쳐서 들어갔는지에 대해서는 자세히 알 수 없지만 큰아버지의 주선이 있었다는 얘기를 들은 기억이 있다. 아버지는 형제가 넷이었고 아버지는 그중 셋째였다. 제일 맏이 큰아버지는 부모를 모시고 계셨고 둘째 큰아버지가 활동성이 있으셨는데 이 큰아버지가 주선하여 당시 옥구군에서 김제군으로 이사를 한 것이다. 오늘날은 교통이 좋아서 차로 두어 시간이면 갈 수 있는 거리다. 그러나 당시는 걸어 다닐 때이다. 옥구면에서 대야에까지 와서 속칭 새챙이 다리를 건너면 김제군이다. 거기서 수 리를 걸어야 남포가 나온다.

당시 남포는 배가 드나드는 포구였다. 그런데 일본 사람들이 이 일대 개땅을 막아서 간척을 하고 농지를 만들었다. 물론 일은 우리나라 사람들이 담당했다. 그러나 농사를 지으려면 농토에서 소금기를 빼내야 했다. 그러기 위해서 먼저 논에 민물을 잡아넣었다가 짠기가 우러나오면 배수를 하고 다시 민물을 잡아넣는 일을 반복해야 했다. 물론 모를 심어놓고도 그렇게 해야 농사가 되었다. 처음에 아버지는 그 일을 하기 위해서 고용된 것이다. 임금은 월급으로 받았다. 그렇지만 그 액수가 얼마나 되었겠는가. 지배민족의 농장주가 배고픈 피지배민족의 사정을 이해하고 후하게 주었을 리는 없다. 그래도 일하는 입장에서는 일하면 꼬박 꼬박 월급을 받을 수 있었으니 아버지의 성품상 고맙게 여기고 성실하게 일을 보아주었을 것이다. 캄캄한 밤에는 논에 물이 들어가는가, 그 흐름을 알기 위해서 풀잎을 띄워 감지를 했고 짠물이 우러나왔는가를 알려면 손바닥으로 물 한 움큼을 움켜 맛을 봐서 가늠했다고 한다. 이렇게 매사에 성실한 것을 보고 농장주 '다가시'는 아버지에게 배려를 했다고 한다. 그 배려 중의 하나가 소작을 준 것이었다. 오늘로 말하면 소작이 무슨 혜택이냐고 하겠지만 당시에는 적어도 월급 몇 푼 받는 것보다 나았고, 소작을 하고 싶어도 맘에 들지 않으면 아무에게나 주지 않았다고 한다. 소작이란 게 물론 노동 착취요, 일본으로 식량을 실어가기 위한 수단이었지만 형식상으로는 원칙을 정하고 그대로 이행했다고 한다. 먼저 소작인은 농장주로부터 논을 빌려 농사를 짓는데 수확이 나오면 농토를 빌려 쓴 세금과 농사를 지으면서 들어간 비용, 즉 씨앗 값, 비료대금, 농약 값 등을 제하고 그 나머지를 주인이 58%, 소작인이 42%를 갖는 형식이었다. 그러니 소작인에게 돌아오는 게 얼마나 되었겠는가. 당시의 생산량을 고려해 본다면 형편없었을 것이다. 그러나 그럼에도 생존을 위해서는 일을 해야 했고 조금이라도 더 내 몫을 얻으려면 부지런하여야 했을 것이다. 그것이 결국 농장주에게 더 큰 이득을 주기 때문에 농장주는 소작농들을 독려했고 만약에 게으름을 피운다든지 불성실하면 호되게 책망을 하고 심지어는 매로 다스리기도 했다. 그럼에도 여전히 불성실하면 다음 해에는 소작을 주지 않았다. 그런 상황에서 아버지는 일본 주인으로부터 책망을 듣지 않고 오히려 가장 기름진 논을 배당받는 배려를 받았다고 했다.

해방이 되었다. 서슬이 퍼렇던 일본 사람들은 울면서 떠났고 아버지는 역시 큰아버지의 주선으로 예전 고향 근처로 이사를 했다. 여기서나 거기서나 농사지으며 사는 건 같지만 기왕이면 형제가 가까이 살자는 의도로 큰아버지가 불러들였고 아버지도 미련 없이 흔쾌하게 응하였던 것이다. 일본인 밑에서 소작농으로 젊음을 보내는 동안 아버지에게는 식솔이 늘었다. 첫 아들을 잃었고 네 아들이 태어났다. 내 위로 두 형이 있었고 내가 세 살, 동생이 두 살 되던 해에 아버지는 만경강을 건너 이사를 한 것이다.

해방은 새로운 질서와 각성을 요구했다. 내 나라를

다시 찾았다고 하는 것은 분명히 기쁜 일이지만 어떤 사람들은 의기양양할 수 있었고 어떤 사람들에게는 부끄러움이 따를 수 있었다. 기본 생존을 위해서 비록 소작농으로 살았다 할지라도 일본 사람에게 성실했다는 것은 생명을 초개와 같이 여기면서 조국의 독립을 위하여 헌신한 사람들 앞에서는 일말의 부끄러움이 될 수 있었을 것이다. 어쩌면 이 아픔이 아버지로 하여금 끝내 지난날의 애환이 서려 있는 곳을 단 한 번도 다시 갈 수 없게 막았는지 모른다.

그러나 나는 당시 우리 아버지처럼 살아야 했던 사람들에게 오히려 깊은 위로를 드리고 싶다. 이건 변명을 위한 것이 아니다. 당시 나라를 경영하던 사람들은 나라를 왜 이 지경으로 만들었는가. 배우지도 못하고, 세상 물정도 모르고, 시키는 대로 따라만 살았던 사람들에게 무슨 잘못이 있는가. 그들은 세금 내라 하면 세금 바쳤고, 부역하라 하면 부역에 나갔고, 군대 나오라 하면 가족을 뒤로하고 군대에 나갔다. 당시는 민초들이 나라 권력에 거역할 수 있는 사회가 아니었지 않은가. 그런데 나라의 주권을 남의 나라에 빼앗겨 놓고 이제 와 먹고살기 위해서 남의 나라에 붙어서 일한 것을 매국적 행위라고 비난하고 정죄할 수만 있는가. 목구멍이 포도청이란 말이 있다. 3일 굶으면 남의 담 넘지 않을 사람이 없다는 속담도 있다. 우리 어머니 말씀에 의하면 시집이라고 왔더니 매일 가족 끼니 걱정을 해야 할 형편이더라는 것이다. 친정에서 막내딸로 태어나 바깥일의 경험도 없는 분이 오죽했으면 아기를 낳고 3일 만에 들일에 나서기까지 하셨겠는가. 아버지는 결혼을 하고도 부모님뿐 아니라 함께 사는 큰아버지 식솔들을 먹여 살리기 위해서 매갈잇간에 나가 종일 일하고 쌀 몇 됫박 얻어오는 경우도 있었더란다. 이런 사람들에게 먹고살기 위해서 일본 사람 밑에서 일한 것을 부끄럽게 여기게 해서는 안 된다.

해외에 나가서 독립운동한 것만 애국이 아니다. 독립군에 가담하여 일본군과 싸운 것만 애국이 아니다. 일본의 요인들을 암살하고 그들의 건물에 폭탄을 투척한 것은 얼마나 장한 일이며 애국적 행위인가. 그러나 고국을 떠나지 못하고 수모를 견딘 것도 애국이다. 어디로 떠날 줄도 모르고, 어떻게 하는 것이 애국인지조차 모르고, 갖은 수모와 박해를 견디며 이 땅에 살아남아준 사람도 애국자들이다. 어디 백성이 없어도 나라가 성립될 수 있는가. 모름지기 국가를 경영하는 사람들은 이런 순박한 백성이 어려운 형편에 처하지 않도록 해야 한다. 원치 않게 노역을 하고 모욕을 당하며 수치스럽게 살지 않도록 해야 한다. 국가 경영을 잘못해서 나라를 잃었다면 그것은 전적으로 경영자들의 책임이다. 순박한 백성에겐 그들의 통치에 따른 죄밖에 없는 것이다.

나는 이 기회에 거짓 애국자들을 고발하고자 한다. 내 아버지와 같이 일본인 농장주 다가시 밑에서 소작을 했던 분이 있었다. 이분은 농장주로부터 불성실하고 게으르다고 책망을 밥 먹듯이 들었다 한다. 심지어는 삽자루로 등허리를 맞기도 했다. 그리고 해방이 되었다. 자유가 주어지니까 이분들은 신이 났다. 자신들은 일본 사람에게 고분고분하지 않았노라고 자랑스럽게 얘기했다. 자기가 일본 사람에게 책망을 들은 것은 그들에게 대항한 일종의 애국적 행위라고 미화했다. 자신의 게으른 성품에 대해서는 일언반구도 꺼내지 않았다. 그렇다면 그분이 해방된 조국에서 열심히 살았는가. 일하지 않았다. 술 마시면 가족을 괴롭혔다. 노름 좋아하면서 자식도 가르치지 않았다.

나는 고발한다. 일제시대에 일본에 저항하다가 잡혀 고문을 받고 감옥에 갇히고 심지어 병을 얻어 고생하시다가 해방도 보지 못하고 돌아가시기까지 하신 선열들에게 머리를 숙여 경의를 표한다. 이분들이야말로 존경을 받아야 마땅한 애국자들이다. 그러나 동 시대에 도적질하고 노름하고 부도덕한 행동하다가 잡혀 감옥에 갇혔다가 해방과 함께 풀려난 사람들이 자신들의 행위를 일제에 대항한 것으로 미화하는 것은 양심을 잃은 부끄러운 일이다. 부도덕한 행위는 일제시대 아래서도 부끄러운 일이고 자유를 얻은 이 시대에서도 부끄러운 일인 것이다. 부끄러운 일은 어느 시대에서도 애국적 행위로 둔갑하거나 미화될 수 없는 것이다. 오늘 우리 사회는 애국자연하는 사람이 참 많다. 협조하기보다는 불평하고 내 개인의 이익이 되지 않으면 방해부터 하려는 사람도 있다. 자기에게 이익이 될 것 같으면 불의한 경우에도 참여한다. 과연 이런 자세로 살아가는 사람들이 국가적인 어떤 위기가 왔을 때 생명을 걸고 나설 수 있을까. 애국은 평화스러울 때 말로만 하는 게 아닌데 말이다.

2. 한恨이 맺혔기 때문이 아니었을까

아버지는 남포를 떠나온 이후 한 번도 그곳에 가본 일이 없었다. 나이가 들면 추억으로 산다는 말도 있는데, 고생을 한 곳이라 해도 추억은 남아 있을 터인데, 아버지는 매정하게도 그곳을 찾지 않았다. 세상을 떠날 날이 가까워지면 자신도 모르게 여기저기 인연을 맺었던 곳도 찾아보고, 그리운 사람도 찾아보는 사람이 있는데 아버지는 싫다고 하셨다. 왜 그러셨을까. 한恨이 맺혀 있었기 때문일지 모른다.

아버지는 큰아들을 그곳 땅에 묻었다. 복어를 먹고 식중독으로 죽었다. 아버지는 한 번도 우리 앞에서나 누구 앞에서 이 아들에 대해서는 말씀하지 않으셨다. 어머니로부터 들은 얘기를 할 수밖에 없다. 보리가 누릇누릇하게 익어가는 오뉴월이었다. 마을마다 다니며 생선을 파는 여인네가 막 들일을 마치고 점심을 먹으러 들어오는 문 앞에서 기다리고 있더라는 것이다. 사 달라고 내놓는 생선이 복어였다. 배가 누렇게 살이 찐 복어였다. 어머니는 사지 않겠다고 거절했다. 요리해 먹어본 일도 없고 돈 주고 사는 것도 아까워서 거절했다. 그럼에도 어찌나 끈덕지게 사달라고 늘어지는지 안 사고는 못 배길 것 같았다. 그래도 냉정하게 뿌리쳐 돌려보냈는데, 글쎄 그 여편네가 마을을 한 바퀴 돌고는 다시 찾아왔더라는 것이다. 꼭 이 집에서 팔고 가겠다고 고집을 부렸다. 어머니는 마지못해서 복어를 샀고 그 저녁에 국으로 끓여먹었다. 온 가족이 모처럼 복어국을 맛있게 먹었단다. 그런데 이튿날 아들이 배가 아프다면서 학교에 못 가겠다고 했다. 지금까지 그런 일이 한 번도 없었는데, 그렇다면 어떤 조치를 취하여야 했을 터인데 아버지는 냉정하게 "죽더라도 학교에 가서 죽어라"고 했다는 것이다. 아들은 그 길로 학교에 갔다. 아프지만 아버지 말씀 거역하지 않으려고 군소리 않고 갔을 것이다.

아버지의 이 학교에 대한 단호함은 그럴 수밖에 없는 연유가 있다. 하고 싶은 공부를 하지 못한 안타까운 사연을 품고 아버지는 평생을 사셨다. 아버지의 큰아버지가 서당의 훈장이셨다. 아버지는 그 할아버지에게서 학비도 내지 않고 배울 수 있었다. 그러나 재주가 남다르니 가르치라는 할아버지의 권유도 뿌리치고 일해야 먹고산다고 집안에서 반대를 한 것이다. 얼마나 어둡고 답답했던 세상이었는가. 배우고 싶었지만 좌절할 수밖에 없었던 아버지에겐 그때부터 마음에 포원이 졌다. 어떤 희생이 따르더라도 자식은 가르치겠다는 각오가 형성된 것이다. 그래서 아버지에게 있어서 자식 교육은 사명이 되었고 책임이 되었다. 나는 "책임을 다하지 못하면 죽는 것만 못하다"는 말씀을 아버지로부터 수없이 들었다. 그만큼 아버지는 자식으로서, 남편으로서, 부모로서의 책임을 한시도 잊지 않았고 자식 교육도 그 책임의 하나로 인식했던 것이다.

그런 아버지에게 학교에 못 가겠다는 아들의 말은 이해가 되지 않았던 것이다. 또한 그런 아버지의 마음을 아는 아들은 아픔을 참으면서 학교에 갈 수밖에 없었다. 그런데 하필이면 그날 담임선생님이 결근을 했고 그 반 학생들은 하루 종일 자습만 했다. 아들은 불편한 몸으로 책상에 엎드려 잠만 잤고 학교가 파할 시간에 옆 친구가 깨워주어서 겨우 집으로 돌아왔다. 돌아와서도 소의 꼴을 한 짐 해다 놓고 어머니를 위해서 우물에 가서 물까지 길어다 놓고 "나 졸려" 하면서 방으로 들어가더니 그 길로 잠들듯이 죽었다.

졸지에 팔팔하던 아들을 잃은 어머니의 마음을 아는가. 아프다는 아들에게 "죽더라도 학교에 가서 죽어라"고 하셨던 아버지의 마음은 어떠했겠는가. 우리 속담에 "놓친 고기가 크다"는 말이 있다. 아들을 보내고 나서 이 아들이 얼마나 착했고, 얼마나 순종했는가를 깨닫게 되었다고 한다. 그러나 어떻게 하랴. 떠난 아들은 떠난 것이고 산 사람은 사는 것이다. 이후로 한동안 아버지는 말수가 줄어들었고 어머니는 한밤중에 우리가 벗어놓은 해진 양말을 꿰매면서 중얼거리는 버릇이 생겼다. "그놈의 여편네가 우리 아들 데려가려고 온 저승사자였나 봐!" 어머니는 복어를 팔고 간 여인에게 욕을 퍼붓기도 했는데 얼마나 아들이 그리웠으면 그리하셨을까. 말은 안 해도 틀림없이 자식을 가슴에 묻고 살았으리라.

3. 아버지의 교육열

복어국을 먹고 식중독에 걸린 자식을 아무 조치도 않고 학교에 보냈다가 낭패를 본 아버지는 그 후부터 우리를 학교에 보내는 것에 대하여 예전같이 강경하지는 않았지만 교육을 시켜야 한다는 정신은 변함이 없었었다. 그 후에 태어난 우리 5남매를 겨우 6,000평밖에 안 되는 땅떼기를 가꾸면서 가르쳐내셨다. 다른 사람들은 돈 모아서 논을 살 때 아버지는 자식 교육에 썼다. 사람들이 그 농사로 자식들을 가르쳐내는 것을 보고 혹시 밤이슬 맞고 다니느냐고 농담을 걸기도 했다. 그러나 그냥 쉽게 이루는 일은 없는 것이다. 어머니 말씀을 인용한다면 허리띠 졸라매고 가슴이 벌렁벌렁하게 일했던 것이다. 소를 키우면서 소가 새끼를 낳으면 팔아서 등록금 내고 그 소로 돈이 되는 일이라면 논밭 가는 일, 운반하는 일, 가리지 않고 닥치는 대로 하셨다. 아버지 말씀에 의하면 서른아홉에 술을 배웠는데 나중엔 기력이 쇠하면 술기운으로 걸었다고 했다. 평지도 오래 걷기 싫은 법인데 하루 종일 혼자서 소 앞세우고 논을 갈면서 걸었으니 얼마나 힘이 드셨겠는가. 그러나 결심이 있고 책임감이 있어서 해낸 것이다.

지금도 내 정신 속에는 어머니의 절약정신과 아버지의 책임감이 살아 있다. 부모님의 정신에 미칠 수는 없지만 나는 "있을 때 아껴라. 없으면 아낄 것도 없다.", "한 숟갈 더 먹고 싶을 때 수저를 놓아라.", "돈은 벌기보다 쓰기가 어려운 법이다." 하는 등의 교훈을 지금도 잊지 않고 있는 것이다. 무슨 영화를 보시겠다고 그렇게 고생들을 하셨을까.

4. 태어나고 산다는 것의 신비

오늘날과 같은 시기였다면 나는 아마 세상 빛을 보지 못했을 것이다. 어머니는 "그때 내가 왜 그랬는지 모르겠다."고 당신이 그때 행한 행동에 대해서 내 앞에서 여러 번 말씀하셨다. 환장을 했었나 보다고 스스로 질책하기도 했다. 살아 있는 나에게 미안한 감도 들어서였을 것이다. 그러나 나는 안다. 당시의 삶이 얼마나 고달프고 힘들었는가를. 어느 때나 아기를 낳아서 키우는 일이 쉬운 일은 아니지만 일제시대에 소작농으로 살면서 아기 키우는 일은 정말 힘들었을 것이다.

나를 가졌을 때 어머니는 중절시키려고 애를 썼다고 한다. 살아가기 힘들고 무지하던 때였다. 죄의식이란 것은 털끝만치도 없었다. 어떻게 하면 들어선 태아를 떼어낼까만 궁리하는데 한 이웃 사람이 가르쳐 주더라는 것이다. 아침 빈속에 간장 한 대접을 마시면 아기가 떨어진다고. 어머니는 일러준 대로 그악스럽게 쓴 간장 한 대접을 오직 아기를 떼어내고 말겠다는 일념으로 꿀꺽꿀꺽 마셨단다. 속이 쓰리고 아팠다. 그리고 조금 있다가 토악질을 했는데 꼭 들이마신 만큼 나오는 것 같더란다. 직감적으로 틀렸구나 하는 생각이 들었다. 그럼에도 또 다른 방법을 시도했는데 이번에도 어떤 사람이 가르쳐준 대로 삼 잎사귀로 개떡을 쪄 먹었다. 우물 곁에 삼나무가 있었다. 시퍼렇게 독이 오른 잎사귀를 따다가 밀가루에 버무려 개떡을 만들어 먹었다. 죽기 살기로 했는데 아무 효험이 없더란다. 달이 차서 나를 낳고 말았다는 것이다. 그래서 나는 생명의 태어남이 신비한 것이라고 믿는다.

사람이 살아가면서 일생 몇 번이나 위험한 고비를 넘기는 것일까. 나는 갓난아기 적에 병치레를 했다. 홍역을 앓았다고 한다. 도저히 살 것 같지가 않았단다. 열이 오르고 겨우 숨만 헐떡이는데 살릴 수단도 없고 살아날 가망도 없더란다. 차라리 빨리 죽었으면 좋을 것 같아서 마음속으로 죽으려면 날 새기 전에 죽어달라고 소원했다고 한다. 숨 끊어지지 않은 사람을 땅에 묻을 수는 없지 않은가. 그러나 날이 밝은 뒤에 죽으면 사람들 보기에 얼마나 부끄러운 일인가. 지난번에 자식 잃더니 또 잃었다고 수군댈 것만 같더란다. 그런데 날이 희붐하게 밝으면서 열이 내리고 숨을 고르게 쉬더란다. 내가 살아난 것이다. 살아났을 뿐 아니라 그 이후 아주 건강하게 자랐고 지금까지 살았다. 역시 사람은 태어나고 싶어서 태어나는 것이 아닌 것처럼 살아가는 것도 내 마음대로 되는 것만이 아님이 분명하다. 어찌 우리 부모가 일제시대에 태어났으며 내가 지금 태어났을까. 우리는 우연히 세상에 내던져지는 존재가 아님이 분명하다. 태어나야 할 시기가 있고, 태어나야 할 이유가 있고, 태어났으면 살아야 할 이유가 있는 것이다. 죽고 싶다고 죽을 수 있는 게 아니라면 내 생에 대하여 책임을 지는 삶을 살아야 할 것이다. 그렇다면 우리 부모님 시대에 태어난 사람들은 하필이면 왜 그 시대에 태어나서 그 고생과 설움을 당해야 했을까. 나는 또 왜 그 시대에 생겨나서 내 어머니를 괴롭혔을까.

5. 단 하나의 기억

“화자가 장독대 옆에서 꽃을 꺾어 주었는데.”

내가 초등학교 때던가, 뜬금없이 어머니께 말씀드렸더니 어머니께서 깜짝 놀라시는 것이었다.

"네가 그걸 어떻게 기억하냐? 세 살 땐데."

밑도 끝도 없는 기억이다. 어렴풋이 생각나는 내 출생지에서의 기억. 나를 업은 화자라는 사람이 장독대 곁에 피어 있는 꽃을 꺾어 주었다. 어머니 말씀으로는 우리 집 장독대 곁에는 백일홍이 피어 있었다고 한다. 그리고 옆집에 사는 화자가 자주 놀러와서 나를 업어 주며 꽃을 꺾어 주기도 했단다.

우리 집 옆에 우리와 같은 형편으로 어딘가에서 이사를 와 사는 중년 부부가 있었단다. 처지가 비슷한 관계로 우리와는 서로 위로하며 가깝게 지냈는데 이들 부부는 자주 티격태격 싸웠단다. 당시 부부싸움이라야 항상 남편의 판정승으로 끝나는 것이었지만 싸우고 나면 아내는 마땅히 갈 데도 없는데다 우리하고는 스스럼없이 지내는 형편이라 할 수 없이 우리 집으로 피신하곤 했단다. 물론 좋을 때도 잘 놀러왔지만. 그 아주머니가 나를 그렇게 예뻐해 주었다고 한다. 아기 때 내 얼굴이 넙죽했던 모양이다. 그 아주머니가 집에서 속상한 일이 있었다가도 이 넙데기만 보면 속이 풀린다고 했다 한다. 그 아주머니 댁에는 아들이 없고 외동딸만 있었는데 그 딸 이름이 화자였다. 어머니 말씀으론 내가 아기 때 얼마나 순했던지 두엄자리에 뉘어놓고라도 가슴만 토닥거려 주면 잠을 잘 정도였다 한다. 그렇게 순하다고 그 집의 모녀는 나를 귀여워해 주었고 나는 갚을 길 없는 사랑을 받은 셈이 된다.

어머니는 문득 그네들이 보고 싶다고 했다. 그러나 그곳을 떠나온 이후 어머니는 그곳의 소식도 모르고 사셨다. 결국 보고 싶어도 일생 보지 못한 것이다. 그곳에 무슨 미련이 있었겠느냐며 아마 그네들도 거기서 떠났을 것이라고만 짐작을 했다. 나는 화자라는 사람의 얼굴도 모른다. 나를 그렇게 예뻐해 주셨다는 그 아주머니 얼굴도 모른다. 그럼에도 뜬금없이 보고 싶다는 생각이 들 때도 있었다. 지금도 어딘가에 살아 있을까. 아니다. 세월이 얼마나 흘렀는데, 돌아가셨을 것이다. 내 출생지에서의 단 하나의 희미한 기억을 남겨준 고마운 모녀분.

6. 부모로부터 받은 유산

태어난 환경이 그 사람의 인격형성에 지대한 영향을 끼친다는 것은 잘 알려진 사실이다. 또한 어렸을 적 부모로부터 받은 영향이 크다는 사실도 잘 알려져 있다. 그런 의미에서 가정은 한 인간이 세상에 태어나서 배우는 최초의 학교이고, 부모는 최초의 선생님이라 할 수 있다. 어떤 자식이 부모의 영향을 받지 않을 수 있는가. 자식은 알게 모르게 부모로부터 인생관과 가치관을 배우게 되는 것이다.

그런 의미에서 나는 내 부모로부터 많은 유산을 받았다. 물질적인 것은 미미하다. 그러나 어려운 중에도 나를 가르치기 위해서 가슴이 벌렁벌렁하는 고생을 감수하신 것은 무엇으로 비교할 수 있겠는가. 더구나 내 인격에 영향을 주신 부모님의 삶을 보고 자랐다는 것은 최고의 유산이 아닐 수 없다.

내가 부모님으로부터 받은 유산을 여기서 몇 가지로 소개하면서 그 실례를 들어 드리려 한다. 그 첫째는 성실성과 근면성이요, 둘째는 책임감과 독립심이요, 셋째가 절약정신이다.

내 부모님은 참 부지런하셨다. 마치 일하러 태어나신 분들 같았다. 해야 할 일을 앞에 두고 놀지 않으셨다. 아니, 일을 자꾸 만들어서 하셨다. 맑은 날에는 들에 나가서 일하셨고 비 오는 날이나 농한기에는 방에서 새끼를 꼬거나 가마니를 치셨다. 틈틈이 농기구를 챙긴다든지 멍석이나 재 소쿠리 등도 만드셨다. 그것도 대충 만드시는 것이 아니라 야무지게 만드셨기 때문에 사람들은 우리 것을 천년묵이라 했다.

특별히 아버지와 소는 끊을 수 없는 관계였다. 소를 앞세우고 논을 갈거나 수레를 끌고 다니실 때는 아버지 또한 소와 같았다. 농번기에는 해질녘까지 일하시느라 얼마나 피곤하셨을까. 그러나 우리가 아침에 일어나 보면 아버지는 이미 들에서 일을 하고 계셨다. 소가 새끼를 낳으면 키워서 자식들 학자금에 보태고 일한 품삯은 대처에 나가서 하숙하고 있는 자식들의 생활비로 보냈다. 적은 농사에 자식들 교육시키는 게 만만치가 않았다. 열심히 일하는 것도 중요했지만 아끼며 검소하게 사셔야 했다. 사치는 꿈도 꿀 수 없었다.

외출할 때 변변한 옷 한 벌이 없으셨다. “남자는 곡식을 썩히지 말고 여자는 음식을 썩히지 말라.” 농군이신 아버지의 교훈이었다. “있을 때 아껴라, 없으면 아낄 것도 없다.” 어머니의 교훈이었다.

아버지가 가족을 데리고 일본 사람 밑으로 이사를 가자 할머니께서는 걱정을 많이 하셨다 한다. 어떻게 사는가, 변고는 없는가, 해서. 그것이 부모의 마음이 아닌가. 할머니의 부탁을 받고 둘째 큰아버지께서 쌀과 보리 한 가마니를 가지고 소식 없이 사는 아버지를 찾아오셨다 한다. 아버지는 그걸 보시고 사내가 집을 나와서 가족 하나 못 먹여 살리겠느냐며 그냥 받지 않고 쌀 값을 쳐서 보냈다고 한다. 아버지는 수고 없이 얻어지는 것, 이른바 공짜를 바라지 않으셨다. 심지어는 자식들이 사오는 것도 비싼 것은 대가를 쳐 주셨다. 그리고 우리 형제들에게 가르쳐 주신 말씀 중에는 “아버지 것이 제일 만만한 것이다. 형제도 솥 따로 걸면 어려운 것이니 서로 손 벌려 난처하게 하는 일이 없도록 하라”는 교훈이 있다. 책임감과 독립심을 가르쳐 주시고 싶으셨던 것이었으리라. 아버지의 이런 정신은 어떻게 형성되었을까. 가난을 겪으면서 얻어진 것이요, 특별히 일제의 박해를 받으면서 형성되었을 것으로 나는 생각한다.

7. 이렇게 좋은 세상에서

일하지 않고 빈둥거리는 것을 아버지께서는 몹시 싫어하셨다. 특히 젊은이가 남들은 농번기에 정신없이 바쁜데 돕지도 않을 뿐 아니라 늘 어려운 형편으로 사는 것을 못마땅해하셨다. 이렇게 좋은 세상에서 그렇게 게으르면 되느냐고 심지어는, 이해하고 들으시라, 총살감이라 하셨다. 과격한 표현인 건 분명하지만 일제시대를 겪은 분의 분노라고 이해해 주시기 바란다. 사지가 멀쩡하고 일할 수 있는 사람이 노는 것은 자기 자신에게도 물론 불행한 일이지만 국가에 해를 끼치는 중죄로 생각하셨던 것이다.

해방 후, 6.25전쟁을 거친 한반도는 폐허가 되었고 백성들의 삶은 피폐했었다. 그럼에도 당시의 세상을 아버지는 "이렇게 좋은 세상"이라고 표현하셨다. 일제시대에 남의 나라의 지배를 받으며 고생할 때와 비교하면 그렇게 느껴지지 않을 수 없었으리라. 지금은 어려워도 내 나라를 위해서 하는 일이고, 힘들어도 내 민족을 위해서 하는 일이 아닌가. 고통 받고 억압을 받아 얻은 보람을 모두 남의 나라에게 착취당한다면 얼마나 억울한 일인가. 아마 지금 같은 형편에 아버지께서 살아계셨더라면 얼마나 더 좋은 세상이라고 표현하셨을까. 내 나라를 위하여 자유스럽게 일하는 것을 대단한 자부심으로 여기실 뿐 아니라 행복해하셨을 것이다.

우리는 지금 일본이 독도獨島가 자기네 땅이라고 우기는 현실에서 살고 있다. 종군 위안부 문제에 대해서 책임을 회피하고 남의 나라에 고통을 준 일에 대해서 반성하지 않는 파렴치한 사람들과 이웃하여 살고 있다. 있을 수 없는 일이다. 반성하지 못하는 사람이 어떻게 교양인이요, 인격자의 대접을 받을 수 있는가. 자신들의 잘못을 뉘우치지 못하고 경제만 자랑한다면 그것은 배부른 돼지나 진배 없는 민족이요, 양심도 염치도 모르는 민족이다. 분노가 치밀어 오른다. 그러나 한편 생각하면 그리 놀라운 일이 아니다. 그들은 지금도 독도라는 섬 하나가 욕심나는 것이 아니라 한반도 전체가 욕심이 날 것이다. 지난날 우리를 침탈하여 식민지화하면서 우리의 말과 글을 없애려 하였다. 창씨개

명創氏改名하여 우리의 이름조차 자기네 식으로 만들려 했다. 우리 겨레의 문화와 얼을 빼버리고 민족을 말살시키려 했고 우리의 강토를 영구히 자기네 것으로 편입시키려 했다.

1945년 8월 15일, 저들이 연합군에 무조건 항복하였을 때, 우리나라에 들어와서 농장을 경영하며 노동력과 식량을 착취하고 우리 민족을 업신여기며 기고만장했던 저들은 울었다. 처음에 일본이 패배하고 항복했다는 소식을 몰랐던 우리 아버지, 어머니는 왜 그들이 울고 기가 죽었는지 몰랐다고 한다. 그만큼 깜깜한 세상을 살았던 것이다. 그저 슬픈 일이 있는가 보다고 생각했다는 것이다. 그들이 왜 울었는가. 단순히 전쟁의 패배 때문만은 아니라고 여겨진다. 욕심을 다 채우지 못했기 때문이었을 것이다. 그들이 떠나면서 남긴 말이 있다 한다. 나는 내 아버지와 아버지 연배의 어르신들로부터 들었다. "10년 후에 다시 보자." 이 말이 사실일진대 그들은 염치없는 민족이다. 이 나라를 떠나면서 조금이라도 미안한 마음이 있었던 것이 아니라 지금은 비록 패하여 돌아가지만 앞으로 힘을 길러 10년 후에 다시 침략하겠다고 다짐한 것이다. 힘이 있어야 한다. 돈이면 무엇이든지 가능하다고 아는 사람들에게 그것이 아니라고 주장하려면 돈을 많이 벌어야 하고, 무력이 정의라고 생각하는 사람들에게는 그게 아니란 것을 힘으로 증명해 주어야 한다. 산업을 발전시키고 힘을 길러야 한다. 그것이 우리 민족의 살 길이고 악한 세력을 이기는 길이다. 우리 한반도는 대륙과 해양을 잇는 요충지이기 때문에 지정학적으로 힘이 있으면 웅비할 수 있는 곳이다. 그러나 힘이 없으면 주변 나라들의 각축장이 되고 부끄러움을 당할 수 있다. 우리는 이미 역사에서 많이 경험했다. 우리끼리 싸우지 말아야 한다. 나라와 민족을 지키기 위해서 힘을 모으고 길러야 한다. 그것이 역사가 주는 교훈이고 우리 아버지 세대가 겪은 가르침이다.

8. 마무리하면서

김제에서는 가랑비가 계속 내렸다. 8월 염천에 오히려 시원하게 되었다고 자위하면서 만경면을 지나 만경다리를 건넜다. 지금도 이 지방에서는 '새챙이다리'라는 이름으로 더 알려지고 불리어지는 다리. 아버지께서 식솔을 이끌고 낯선 남포라는 곳을 향해 걸어 들어가셨던 옥구군 대야와 김제군 청하면 사이를 흐르는 만경강을 건너기 위해서 이어진 다리. 그래도 새로운 환경에 대한 희망이란 게 있었을까. 미래에 대한 아무 확신도 없으면서 무조건 먹고살기 위해서 숟가락, 젓가락 손에 들고 건너셨다는 다리를 나는 역으로 건너왔다. 건너기 전에 차에서 내려 지금은 사용하지 않는 옛 다리를 보았다. 강물이 말없이 흐르고 있다. 우리 부모님의 애환을 아는지 모르는지 지금은 부옇게 흐린 물이 흘러가고 있다. 거기서 고생하시다 고향에 돌아오실 때는 이 다리를 건너지 않았다 한다. 조금이라도 빨리 오고 싶어서였을까. 지금은 사라진 뱃길. 김제의 화포라는 곳에서 옥구군 회현면 금광리 사이에 양 군郡을 연결하는 나룻배가 있었다 한다. 바람이 있어서 파도가 뱃전으로 날아오기도 했다는데 나는 어머니 품에 안겨 넘어온 것이다.

봄에 부화된 연어는 바다를 향해 간다. 그리고 멀리 수천, 수만 리까지 여행을 떠났던 연어는 3~4년 만에 성숙하여 자기가 처음 부화해서 떠났던 모천母川으로 회귀回歸한다고 하지 않는가. 내게도 그런 정신이 있는가. 머리 성성해서 내 출생지를 찾아 그리운 부모님의 발자취를 더듬고 왔다. 한쪽 가슴은 벅차고 또 한쪽 가슴은 아리다.

*계간 『文藝春秋』 2013년 신춘호(통권 28호).

설거지

퇴근하여 들어오니 집안이 적막공산이다. 맞아주는 사람이 없다. 눈에 우선 띄는 주방의 설거지통을 보니 씻기지 않은 그릇이 수북하다. 예전에는 이런 일이 없었는데, 아내의 상태가 수상했다.

아내는 지나치게 깔끔해서 지금도 나와 가끔씩 다툰다. 내 책상 위에 책들이 정리되지 않았다든지 방안이 지저분하게 어지러워져 있으면 볼멘소리를 한다. 정신 사나우니 정리 좀 하고 살자고 핀잔이다. 정리해서 말하면 지금까지 나는 어지럽게 늘어놓고도 전혀 가책을 느끼지 않고 사는 스타일이고 아내는 어지러워진 것을 깔끔하게 정리하며 사는 스타일이다. 그래서 우린 서로 잘 만난 건지, 잘못 만난 건지 분별이 어렵다. 같이 어지럽히며 사는 부부 아닌 것만은 다행이다.

그런데 이게 뭐야. 언제나 맑은 물이 뚝뚝 떨어지게 그릇들이 치워져 있었는데 오늘은 아니다. 설거지통이 마치 지저분하고 무질서한 것이란 바로 이런 것이다라는 것을 표본으로 보여주는 것 같다.

매사에 아내는 부지런을 떨었다. 화분에 물을 주고, 시든 잎사귀를 가위로 잘라내고, 먼지 앉은 잎사귀를 닦아주는 데도 정성을 다하였다. 방과 창틀도 수시로 쓸고 닦았다. 그래서 내가 봐도 지나치다 싶어 혹시 결벽증이 있나 의심스러울 때가 있다. 모든 물건은 언제나 제자리에 있어 깔끔하다 못해 빛을 내야 한다. 오죽했으면 외부인이 처음 방문해서는 혹시 살림 도우미를 쓰느냐고 묻는다고 했다. 나는 이런 아내의 바지런함이 때로는 귀찮기도 하지만 잠잠히 참아줄 수밖에 없다. 게을러 터져서 늘 누워있는 것보다 자신의 건강을 위해서라도 그게 좋을 듯해서이다.

그런데 이게 뭐야. 단 둘이 살기 때문에 항상 조용한 편이긴 하지만 오늘은 뭔가 이상했다. 할 일 놓아두고 외출이나 잠을 자는 일은 전혀 없었기 때문이다. 너무 조용했다. 살그머니 아내의 방문을 열어보니 내가 들어온 줄도 모르고 깊은 잠에 빠져 있다. 숨을 쉬고 있으니 다행 아닌가. 잠을 깨우기 싫어서 어디가 아프다든지 고단한 모양이라고 짐작하고 내가 대신 설거지를 했다. 익숙할 수는 없지만 이까짓 일 하면 하는 것이지 하고 나름대로 깨끗이 씻어서 정리까지 해 두었다.

어머니 생각이 났다. 예전에는 어디 여자가 집안에서 살림만 할 수 있었던가. 들에 나가서 아버지와 함께 힘든 일을 같이 했다. 그리고 들어오면 아버지는 아버지의 할 일이 따로 있을 수도 있지만 없으면 씻고 방에 들어가 누워도 되었다. 그러나 어머니는 부엌으로 들어가 밥을 짓고 상을 차려야 했다. 그래도 똑같이 일하고 들어왔는데 왜 여자만 일해야 하느냐며 억울하다고 할 수가 없었다. 어머니는 모든 것이 그러려니 하며 살았다. 그런 어머니께서 설거지를 하기 전에 이런 말씀을 하신 일이 있다. "다 버리고 싶다." 얼마나 힘 드셨으면 그런 말씀을 하셨을까. 밥을 짓고 음식을 차릴 때는 먹을 욕심으로 힘들어도 힘들지 않게 하지만 다 먹고 나면 피곤이 몰려와 몸이 나른해지면서 설거지가 귀찮아졌던 것이다.

어질러진 상태로 놓여진 것을 좋아할 사람은 없다. 그러기에 무슨 일이든 일을 마치면 정리를 해 두어야 한다. 그래야 자신도 다음에 일할 때 기분 좋게 시작할 수가 있다. 자리를 그만 둘 때나 방을 비울 때에 다음 사람이 들어와 업무를 계승하면서 상쾌한 마음이 들도록 하는 것은 예절이다. 선임자가 뒷처리를 잘못해 놓으면 후계자가 고생을 하게 된다. 떠난 자리가 깨끗해야 깨끗한 사람이다. 뒷말 무성해서 되겠는가. 귀찮더라도 설거지를 잘하고 자리를 비우든지, 떠나든지 하자. 규모 있는 사람은 귀찮고 하기 싫은 일도 다음을 위해서 준비하는 수고를 한다. 여러분의 주방 설거지통은 항상 깨끗이 비워져 있는가.

*『한국크리스천문학』 2020년 봄.

연휴

배가 고프면 사람은 쉴 시간을 줄이고 일에 매달리려 한다. 일이 곧 배고픔을 해결하는 수단이기 때문이다. 그래서 근무 시간을 마치고도 어디 잔업이 없는가 하여 육신의 피로를 무릅쓰고 노동에 뛰어들었다. 우리가 예전에 그랬다. 지금도 그런 사람이 있겠지만 그러나 지금은 쉬는 시간을 소중히 여긴다. 그렇게 일에 매달리지 않아도 살 만해진 것이다. 예전에는 일주일 중 하루를 공휴일이라 해서 공식적으로 쉬었고 토요일은 반공휴일이라 해서 오전 근무만 하고 나머지 시간은 쉴 수 있도록 제도화 했었다. 그러나 이제는 토요일도 공휴일이 되었다. 쉬는 시간이 많아진 것이다. 일은 신성한 것이지만 사람이 일벌레가 아니란 점에서 다행한 일이다. 사실 쉼이 없는 노동은 건강을 위해서나 가정과 사회생활에서 효율성보다는 부작용이 많은 것이다. 복잡한 사회 구조에서 여러 가지 스트레스에 시달리는 사람들은 휴식이 얼마나 고맙겠는가.

연휴라는 게 있다. 공식적으로 쉬는 날 외에 국경일이나 민속 명절 등이 연이어져서 많게는 한 주간이 쉬는 날이 될 수 있다. 그러면 고향을 찾아 그동안 바쁜 일상으로 찾아뵙지 못한 분들을 만나기도 하고 해외여행을 떠날 수도 있다. 그동안 바빠서 미루어 놓았던 일들을 할 수도 있다. 짧은 시간이지만 일상에서 벗어나 새로운 세계를 만날 수 있다는 것은 얼마나 신나는 일인가.

그러나 연휴가 모든 사람에게 똑같이 반갑고 고마운 시간이 될 수 없다. 무직자, 환자 같은 부류에 속한 사람들에게는 연휴가 어떤 의미를 줄까. 어쩌면 자유업에 종사하는 사람도 매한가지일 것이다. 공식적인 연휴가 주어지지 않아도 자기 스스로 형편에 따라 얼마든지 쉴 수 있는데 무슨 연휴의 의미가 있는가. 쉬어도 된다고 날짜를 정해 주어도 스스로 쉬지 않고 즐겁게 일한다는데 억지로 쉬게 할 수는 없지 않은가. 국방을 담당하는 군인이나 만약의 사고를 대비해야 하는 경찰이나 소방관들은 자신의 위치를 떠날 수 없는데 공공의 연휴라고 같이 쉴 수는 없다.

나도 정년 퇴임을 하고 나서는 일정한 출퇴근을 할 일이 없고 고정적으로 하는 일도 없다. 연휴라는 개념이 필요치 않게 되었다. 다행스러운 것은 문학예술에 재미를 붙이고 살기 때문에 밤중에 자다가 일어나서도 글을 쓸 때가 있다. 많은 생각을 하며 살지만 예술적 충격이 없으면 단 한 줄의 글도 쓰지 못한다. 그렇지만 어느 땐 느닷없이 신기한 언어가 떠올라 일어나서 메모라도 해 놓고 자야 한다. 어떤 모임에 가입되어 있어서 모임 날짜를 기억해 두었다가 외출을 하거나 공원길을 산책하기도 한다. 이런 모든 일은 계절이나 날씨에 구애를 받지 않는다. 오히려 남들이 기피하거나 쉬는 비 내리는 날이나 눈 오는 날이 더 좋다. 나와 같은 사람에게는 매일이 일하는 날이고 매일이 휴일이다. 연휴 개념이 필요 없다. 어떤 사람의 관점으로 보면 쓸모 없는 사람으로 보일 수 있다. 벽에 못 하나도 제대로 박을 줄 모르고 무엇을 만드는 공작에 재주도 없다. 장사를 해서 돈 벌 줄도 모른다. 그럼에도 믿는 구석이 하나 있어 자긍심 붙들고 살아간다.

내 자긍심이 뭔가. 나는 우연히 태어나지 않았다는 것이다. 그냥 세상에 내버려진 존재가 아니란 의미다. 내가 태어나고 싶다는 의지로 태어난 것이 아니고 별다른 소질이나 재주도 없지만 나를 태어나게 하신 분은 우주와 만물을 만드시고 섭리하시는 분이다. 그렇다면 나는 분명히 천하보다 귀한 존재다. 그분을 신뢰하고 의지하고 산다는 것은 축복 아닌가. 언젠가 만드신 분이 거두어 가시기도 할 것이다. 그때까지만 살려고 한다. 연휴가 필요 없지만 매일 연휴를 누리는 훈련을 하며 살 것이다. 그리고 휴가를 떠나듯 눈을 감고 세상을 떠나 그곳으로 갈 것이다. 거기서 연휴를 가질 것인데 그 연휴를 영생이라고 부르는 것 같다. 재주 없는 내가 거기서 뭘 하며 보낼까. 모든 것을 다 알 수 없지만 그냥 재주 없다고 놀기만 하지는 않을 것 같다. 성경에 의하면 찬양하며 영원한 안식과 연휴를 누릴 것은 확실하다.

오래오래 살게나

초판 1쇄 발행 2023년 11월 27일

지은이 | 전종문
만든이 | 이한나
펴낸이 | 이영규
펴낸곳 | 도서출판 그린아이

등록 연월일 | 2003. 12. 02.
등록 번호 | 제2-3893호
주소 | 서울특별시 은평구 녹번로 6-11, 201호
전화 | 02)355-3035
이메일 | gmh2269@hanmail.net

ISBN 979-11-91376-25-8(03810)